The New Fifties

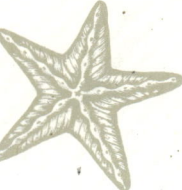

北杜夫

kita morio

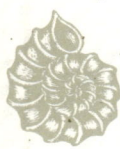

マンボウ愛妻記

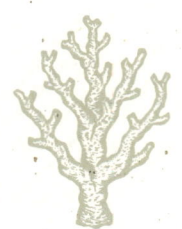

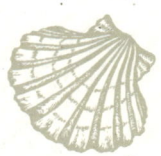

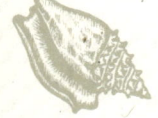

講談社

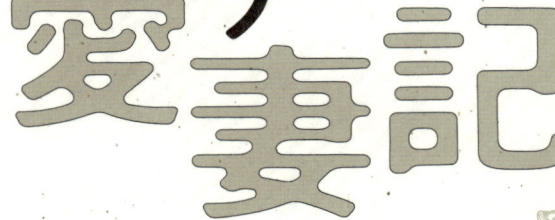

マンボウ愛妻記／目次

第四章　夫婦の折り合い

第五章　夫婦の晩年

マンボウ愛妻記

装丁　川上成夫
装画　山田博之

はじめに　良妻か、悪妻か、それが問題だ

私と妻は結婚して四十年になる。思い返せば、山あり谷ありの結婚生活だった。それも山はせいぜいハイキングで登れるくらいの低い山だけど、谷はグランドキャニオン渓谷のように深い谷底であった。それでもこれまで四十年も夫婦を続けてきたことを思うと、それほど相性は悪くなかったのかもしれない。

しかし、私の妻は良妻だったのか、悪妻だったのかというと、どちらとも決めかねている。人物の評価というのは棺のフタを釘で打ちつけたあとに決まるそうだが、桃太郎のように元気な妻は私より長生きしそうである。したがって、私は妻が良妻なのか悪妻なのか知らぬまま、あの世へ行かなくてはならない。それが癪で、私は死んでも死にきれないだろう。

長い間、私は妻をひどい悪妻だと決めつけていた。とくに中年期以降、口も腕力もたくましくなった妻は、株の売買をしているときなど私を叱りとばし、それでも私が反抗的な態度を示すと突き飛ばしさえした。私は口でも腕力でもかなわないので、たったひとつの

武器であるペンの力に頼って妻の悪口をたびたびエッセイに書いてきた。

すると妻はこう言って私を牽制する。

「私、お友だちに言われたの。ご主人は、あなたの悪口を書いているのだから、モデル料いただかないとね。私に感謝してくださいね」

モデル料を支払うどころではない。いまの私は禁治産者も同然で、原稿料はすべて妻の手中におさまるのである。

サラリーマンの妻としては良い妻かもしれないが、作家の妻としては悪妻だと思ってきた。ソクラテスは悪妻を持ったから偉大な哲学者となり、夏目漱石も悪妻を持ったから偉大な作家となった。だから私も立派な作家になれば、災いを転じて福となすことができると思って悪妻に耐えてきた。ところが偉人たちの妻に負けぬほどの悪妻を持ちながら、ちっとも偉大になれぬまま、七十歳の峠を越えてしまった。

私の両親、父の齋藤茂吉と母の輝子の夫婦仲はひどかった。

偉大な歌人とされていた父は外面がよく、他人には親切で、細かいことにも気を遣うタイプだったから、父の崇拝者からみれば神さまみたいなものだった。しかし、家庭の中では気むずかしい暴君で、ひとたび癇癪を起こすとすさまじい怒りを爆発させ、口より先に手が出た。

一方、大病院の娘に生まれた母はお嬢さん育ちで、明治育ちの女性にしてはめずらしく我が強く、男まさりの性格だったから、殴られてもひるまない。こんな二人がうまくいくわけがなかった。

おそらく父には従順で気だてのやさしい、陰になって夫を支える昔かたぎの女性が向いていたのだろう。事実、彼は随筆にそんな妻を持ちたかったと書いている。

だから、父の弟子や崇拝者からみれば、母は大変な悪妻と思われていた。息子の私からみても母は堂々たる悪妻で、両親はしばらく別居していた。また、父は家庭の外に愛人を持ったこともある。そんな父だったから立派な歌ができたのかもしれない。その父が亡くなった年齢を私は超えた。

強烈な自我を持った文学者が、一人前の個性を持つ女性と家庭を持てば衝突しないわけがない。そして男が世間で偉業を成しとげれば、その妻は悪妻とされるのである。はたして偉人の妻だから悪妻になってしまうのか、それとも悪妻を持つから偉人になれるのか、どちらにしても偉人と悪妻は切っても切れぬ縁らしい。

では、父のような偉大な文学者になれなかった私の場合はどうだったのだろう。良妻を持ったから偉人になれなかったのなら、少しはあきらめもつく。ところが、悪妻を持ったのに偉人になれなかったのなら、それは私が才能のかけらもなかった証拠であり、なおかつ家庭生活は不幸一色だったわけで、これは最悪である。
はたして私の妻は、良妻なのか、悪妻なのか。それが問題だ。

第一章　夫婦の始まり

初対面はハンブルク

妻になる女性と初めて会ったのは昭和三十四年二月、ドイツのハンブルクだった。

その経緯はこうである。

そのころ、慶応大学医学部神経科医局の助手をやっていた私は、ドイツに激しくあこがれていた。ドイツが生んだ偉大な作家、トーマス・マンをひたすら崇拝していたからである。

当時は海外渡航が制限され、国が特別に許可した人しか海外に行けなかった。何とかしてドイツに行こうと算段して、文部省の留学生試験を受けることにした。しかし、医学の修業より文学の修業に熱心で、論文一つ書かなかった私が留学生試験を受けるといったら、医局のみんなは笑った。それにもめげず願書を出したら、彼らの予想通り、私は書類選考の段階で落とされた。

それなら選考委員をうならせるほどの論文でも書いてやろうかと思案していたところ、医局の先輩が知恵をつけてくれた。

「きみは船医になったらどうだ。向こうに着いたらスタコラ逃げちまうんだ」

さっそく船会社に行って、船医になりたいのだが、試しに一航海乗せてもらえないかというと、それは困る、観光目当てで船医で乗ってくるのが多くて、一航海終わるとさっさとやめてしまう、だから船医は三年契約にしているのだという。こちらは一航海終えるどころか、半航海で逃げ出そうと思っていたのだが、その魂胆を見すかされてしまった。

そうこうするうちに、水産庁の漁業調査船が船医を探しているという話を医局の同僚が聞きつけて私に知らせてくれた。その船は大西洋でマグロの漁場を開拓し、北ヨーロッパを回って帰ってくる予定だが、五日後に出航する。ところが、まだ船医が見つからない。何科の医者でもいい、インターンでもかまわぬという。

あまりにも急な話なので躊躇したが、医局のみんなが面白がって私をたきつけた。逃げる逃げないは別として、まあ今回は下見のつもりで行ったらどうか、と先輩が勧めてくれた。私も医局に勤め、受け持ちの患者がある身の上なので、主任教授の三浦岱栄先生におそるおそる申し出ると、あっさり許可された。もともと医局の中で私はオミソだったので、先生は私が居なくてもちっとも困らなかったのだろう。

当時、私が暮らしていた兄の家に帰ってみんなに話すと、わずか六百トンの船で北ヨーロッパまで行くのは危険だと反対された。ただ一人、母の輝子だけが、

「男というのは、若いうちはどんどん苦労しなくちゃいけません。あたしは賛成です」

と励ましてくれた。母は男まさりの気性で、のちに自らが年がら年中、海外旅行に出かけるようになった。この母のひと言で、兄たちの反対もやんだ。

私は出航までの三日間で、船員手帳を申請して交付を受け、医局の同僚に引き継ぎをすませ、トランク二つの荷造りをして、さらに医局の仲間や、同人誌の仲間と別れの杯を酌み交わすという慌ただしいスケジュールをこなした。

こうして昭和三十三年十一月十五日、わずか六百トンの漁業調査船、照洋丸に船医として乗り込んだ私は東京港をあとにヨーロッパに向かった。

船はシンガポール、スエズに寄港し、昭和三十四年の元旦をアフリカ沖の大西洋の北回帰線上で迎えた。さらにリスボンに寄って、二月一日、エルベ河をさかのぼってハンブルクに着いた。船医というのは病人やケガ人さえ出なければヒマなもので、私は船上では釣り糸をたれ、港で降りては観光を楽しんだ。

ハンブルクでは、人を訪ねる用事があった。以前、慶応大学医学部神経科医局にドイツから留学していた女性心理学者のインゲボルク・ベントさんと親しくなったが、彼女が帰国する際、何かと物入りなので私が五万円のカネを貸していた。それをマルクで返してくれることになっていたが、彼女はベルリンに住んでいたので、ハンブルクにいる知り合いの日本人に送金してもらう手はずにしていた。その日本人というのは、商社のハンブルク支店長のYさんで、医局の先輩とも知り合いだった。

海外にいる商社の支店長といえば、所用で赴く日本の役人を接待するのにも慣れているらしい。私の乗っている船は水産庁の調査船なので、役人も三人乗っていた。私と三人の役人をラートハウス（市役所）の地下の立派な食堂に招いてご馳走してくれた。私はドイツへ行ったらラインワインを飲もうと楽しみにしていたが、その役人たちが「ドイツに来たならビールを飲まなくちゃ」というので、私も仕方なしにビールにつき合った。

あとでYさんに聞くと、ラートハウスの上等な食事ならワインを頼むのがふつうなのに、みんなが「ビール」「ビール」というので、ボーイの手前困ったという。ともあれ、ベントさんから預かったというマルクをYさんから受け取り、とたんに私のフトコロは暖かくなった。

ハンブルクに滞在している間に、Yさんは今度は私たちを自宅に招いてくれた。Yさんを知っている医局の先輩によると、Y家には「あまり醜くない年ごろの娘」がいるという。その話に少し期待して行くと、まあまあ醜からぬ、ちょっとポッチャリした、それほど魅了されないけれども可愛い娘がいた。日本料理をご馳走になり、ラインワインもいただいた。その娘は料理を運んでくると、すぐ奥に引っ込んでしまうので、物足りない気がした。

食事が終わってから、みんなで町に出てチレルタールという大きなビアホールに行くことになり、Yさんは娘を連れてきた。そこではビールを飲んだが、それと一緒に小さなグラスに入ったシュタインヘーガーという強いスピリッツを頼み、ビールの合間に飲む飲み方を教えてもらった。

ビアホールでは日本人の団体客がいて、バンドが「さくら」を演奏していた。音楽に合わせてダンスをする客も多く、私は絶好の機会とばかりその娘を誘って踊った。私は生まれつき不器用で、本来ならダンスなんかできないはずなのに、東北大学医学部の学生時代は、娯楽といえばパチンコとダンスしかなかった。戦後、進駐軍が来てから、ちょっとした町ならどこにもダンスホールができて、若者たちで賑わっていた。私もダンス教室に通って、ワルツ、タンゴ、ジルバなどをいっぱしに踊れるようになった。

ところが、その娘は口数が少なく、話しかけてもロクに返事をしない。ずいぶん怪しからん女だと思った。

自分で言うのもなんだが、そのころの私には、たいていの若い娘が親愛の情や好意を寄せてくれた。いまの私からは想像もできないだろうが、今よりはいくらかはハンサムだったのだ。職業は医師で、そのうえ同人誌とはいえ短編小説も何作か発表していたから、まあ知的な二枚目ということになるのだろうか。だから若い娘はけっこう私に関心を持ち、好意を寄せてくれた。

しかし一人だけ例外がいた。新宿の大きなアルサロの店に、顔立ちのほっそりした小柄な女の子がいて、店に行くと必ず彼女を指名した。その店では源氏名ではなく、番号で女の子を呼んでいたものだから、誰かが女を指名すると、「四十八番さーん、お呼びです」とアナウンスされるので味気なかった。今でも覚えているが、私の彼女は七十五番で、私が指名料を払ってまで呼んでも、いっこうに私になびく気配がない。こんな侮辱を受けたのは生まれて初めてのことだった。これで怪しからん女が二人になった。

このハンブルクで出会った怪しからん女が、のちに私の妻になる喜美子だった。

結婚したあとで、「あのときなぜ冷たい態度をとったのか」と責めると、妻は言った。

「だって、あなたは父のお客さまだったでしょ。それにダボダボのズボンを穿いてらした、私にとってはずっと年上のオジサマなんですもの」

海外に行くというので、私は生まれてはじめて背広というものを買った。注文品ができるのを待っていられないので既製服にしたら、そのズボンのサイズが合わずに太すぎたようだ。

そのとき私は三十一歳、喜美子は十歳下の二十一歳だった。

Y家を訪ねたとき、こんな失敗をした。

日本を発つとき、外国でお世話になった人に風呂敷を差し上げると喜ばれると言って、母から何枚かの風呂敷をもらっていた。私はその中の一枚をYさんに差し上げたのだが、あとで聞くと「齋藤」という染め抜きが入っていたという。そそっかしい母が間違って家で使っているのを持たせたのか、それとも外国人に差し上げるのだから日本語はわからないと思ってのことだろう。

結婚して喜美子が持ってきた嫁入り荷物の中にその風呂敷があり、妻も齋藤姓になったので使えるようになった。これも何かの縁だったのかもしれない。

それでもハンブルクの娘には少なからず興味を持ったので、日本に帰国してから、世話になったお礼に、「私のもっとも敬愛する作家の本です」と書いてトーマス・マンの『ブッデンブロオク家の人びと』の文庫本を彼女に送った。ところが彼女は、その礼状のハガキ一枚よこさない。ますますもって怪しからん女になった。

そのこともまた結婚したのちに追及すると、「あら、お礼のお手紙はちゃんとだしましたわ」とシラを切った。

ともあれ、ハンブルクの出会いはこうして終わり、照洋丸はそのあと、ロッテルダム、アントワープ、ル・アーブル、ジェノヴァ、アレキサンドリア、コロンボに寄港して、その年の四月三十日に帰国し、半年に及ぶ船医生活も終わった。

帰国後、私は再び慶応大学の医局に戻った。そのかたわら照洋丸での体験を『どくとるマンボウ航海記』という長編エッセイにまとめ、翌年三月に出版すると、思いがけなくベストセラーとなるが、それはもう少し先の話だ。

勝手気ままな居候生活

私は当時、医師という職業に就いていたが、いずれ作家で身を立てるつもりだった。医師の道に入ったのは、父茂吉の命令である。父は歌人であると同時に精神科医で、私が生まれたときは祖父が築いた青山脳病科病院の院長を務めていた。

私は旧制松本高校でトーマス・マンに出会って文学に開眼し、将来は作家になろうと心に決めていたが、医師になれという父の命令は絶対だった。私より十一歳上の兄、齋藤茂太も医学部に行かされ、すでに精神科医になっていた。私は東北大学医学部に進んだものの、大学では落第して父を怒らせないよう最小限の勉強しかせず、もっぱら小説を書いていた。

その父は私が卒業後、東北大学に残ってインターンをしていたときに亡くなった。

その後、私は東京に戻って慶応大学医学部神経科の医局に入った。兄が開業した医院は自宅も兼ねていたので、私はそこに居候しながら兄を手伝った。

私は慶応大学の医局と兄の医院で診療するかたわら、あいかわらず小説を書いていた。学生時代に仙台から帰省するたびに顔を出し、同人に加えてもらった「文藝首都」という同人誌に発表もしていた。

そのころの私の経済状況といえば、慶応大学の医局は無給助手だったので、兄の医院で週二日アルバイトをして毎月二万円の給料をもらっていた。当時の二万円といえば、並みのサラリーマン程度でそれほど悪くなかったはずだが、周りがいけなかった。医局の連中は酒好きが多かったし、同人誌の連中は「文芸酒徒」と呼ばれるほど酒飲みがそろっていた。

そのころ、居候していた新宿大京町の兄の医院は、同人誌の連中のたまり場にも、また職場にも近いので、毎晩のようにどちらかから呼び出しがあって飲み歩いていた。バクダンと呼ばれた一杯十円の焼酎でも、連日飲んでいれば小遣いは乏しくなった。

医局の連中と飲んでいたある夜、フトコロが寂しくなったので、新宿の三越裏で一年後輩の男が「逆立ちをして金を稼ぐ」と言いだした。三年後輩のなだいなだ君も一緒で、私たち二人が見物客を集めることにした。まず、なだ君が大声で口上をのべて客を集めた。「慶応病院の医者の逆立ちだ。めったに見られるものじゃない。お代はたったの五十円」ところが、一年後輩の男は腕力こそ強いが不器用なので、やっと逆立ちしたと思ったら、すぐにドタリと倒れてしまう。こんな下手くそなパフォーマンスでは、誰も一文だって払ってくれない。

そのうちアベックらしき若い男女が通りかかったので、私が同じ口上を言うと、男性のほうが連れの女性の手前もあってか、ポケットから小銭を取り出したものの、五十円には足りなかった。

「じゃあ、特別に負けてやる」

と言ったら、彼は手の中の四十円を私に押し付けると、連れの女性を抱えるようにして、そそくさと立ち去っていった。まるで恐喝である。

遅くまで飲んで兄の医院に帰ってきたのはいいが、すっかり泥酔状態で玄関の前で寝込んでしまい、朝になって気がついた家族に収容されたこともしばしばだった。その玄関は医院の玄関も兼ねていたので、通行人は玄関先に倒れている私を見て、行き倒れの患者と思ったかもしれない。

居候というのは身勝手なものである。家督やら家計にいっさい責任を負わないのだから、子どもと同じにしていられる。私はいつも金がなかったので、漫画雑誌を買うにも、兄の子どもたちを誘った。

「おじちゃまが四十円出すから、おまえたち十円ずつ出しなさい。それで漫画を買おう。今度の『鉄腕アトム』はすごく面白いぞ」

私は朝寝坊なので、朝、いつまでも寝ていると、二人の甥がやって来て、

「やーい、やーい、おじちゃまの朝寝坊!」

と、ふざけに来たものである。

私は、母や兄は別にして、家のなかでは誰からも「おじちゃま」と呼ばれていた。このおじさんは、はなはだだらしがなくて、何の役にも立たなかったから、甥はおろか、姪にまでバカにされていた。お手伝いさんも私を無視していた。ただ一人、カネさんという親切なお手伝いさんが、私のボロボロになった布団を修理してくれた。掛布団の綿が隅に寄ってしまい、真中のあたりは綿がほとんどなくなり、冬は寒くてやりきれなかったからである。

小遣い目当てにお見合いをする

私が参加していた「文藝首都」の同人や会員はみな貧乏だった。会費を払わない者もざらにいた。そのためいつも赤字で、毎月の印刷代にも困るのが実情だった。いちばん弱ったのは、私が齋藤茂吉の息子ということがわかると、それならきっと金があるに違いないと思われたことだ。同人を主宰する保高徳蔵先生が、いきなり私が居候する兄の医院にやって来て、

「今月の印刷費がどうしても二万円足りないので、何とかなりませんか」

と頼まれたことがある。二万円といえば兄からもらう私の月給の全額である。泣く泣くそれを渡すと酒代にもこと欠いた。そのため私は、病院のアルバイトをこなして金をつくったりした。

あるとき「文藝首都」で、何とか会員を増やして雑誌を売れるようにしようと、賞をつくったことがある。賞金は破格の十万円である。それにつられて応募してきた人は、賞を逃しても同人になってくれるという目論見もあった。同人でも選考委員でなかったら応募

は可能だった。募集してみると、はたして同人のほうが点数が多く、作品の質も断然高かった。かくして選考委員全員が、のちに女傑作家として知られるようになる、わが同人の佐藤愛子さんの作品を選んだ。

愛子さんは喜び勇んで賞金をもらおうとやって来たが、十万円という大金はどこにもなかった。愛子さんは値切られ五千円しかもらえなかったが、その五千円も同人仲間が寄ってたかって酒を飲んだため、一晩でなくなってしまった。

私が学生時代から書きついできた小説を自費出版したことがある。『幽霊』という自伝的な作品である。肝心のおカネがないので、母に無心した。七百五十部を印刷して七万円だった。文壇で活躍している作家や評論家に片っ端から送ったが、反響はまったくなかった。書店の店頭に置いてもらったが、売れたのはせいぜい十冊くらいだったようで、ほとんどが返品で戻ってきた。

母が心配して、私に黙って岩波書店の吉野源三郎氏に読んでもらった。私は会ったことがないが、名編集長として知られた人だった。

吉野氏が、

「これは優等生の作文で、どことといって特色がない」

と評するのを聞いた母は、小学生のイタズラを叱るように、

「宗吉（本名）、あなたもう小説なんか書くのはおやめなさい！」

と私を諭した。

しかし私は、年寄りにオレの小説がわかるものかと、なお自負を揺るがせなかった。

当時の私はそういう状況で、兄の医院に居候しながら診療を手伝って毎月二万円の報酬をもらい、母に小遣いをねだっていた。母は理由がなくてはめったに小遣いをくれなかったが、私が見合いをするときは気前よく小遣いをくれた。

私が三十歳前後になっても結婚する気配がないので、母はあちこちから見合い写真を持ってきて私に見せた。そして私が見合いをするといえば、おカネを持たせて送り出してくれるのだった。正直な話、私はまったく結婚する気などなかったが、その小遣い目当てに見合いをしたのである。

いちど佐藤愛子さんの紹介で見合いをしたときは、先方の立派な邸宅に招かれた。私が酒好きだということを愛子さんが言いふらしたものだから、高級なスコッチをふるまわれた。いつもは焼酎ばかりで、洋酒といえばトリスくらいしか口にできなかったから、それほど芳醇な酒を飲んだのは生まれて初めてのことだった。

はじめのうちこそ大人しくしていたが、彼女の父母が席を立ち、お嬢さんとそのお姉さん、私と付添人の愛子さんの四人になったときは、もうかなり酩酊していた。私は酔うと暴言を吐く癖があるので、お姉さんに向かって、「あなたは少しお肥りになっているようだから、美容体操をなさったらいかがですか」などと女心を傷つけるようなことを言った。あげくに、火を付けたタバコを見事なジュウタンに落として焼け焦げをつくる始末だった。

どうせ断られると思ったら、相手のお嬢さんは私のようにヘンテコリンな男に会ったのは初めてのようで、逆に気に入られてしまったらしい。私はもうよく覚えていないのだが、愛子さんによるとその後、三、四回もデートをしたそうだ。カネ目当てだったに違いない。

別のお嬢さんとホテルのロビーで見合いをしたときは、付き添いで来たお姉さんのほうがはるかに美人だったので、そのお姉さんと乗馬の話などをして気が合ったが、肝心のお嬢さんとはほとんど口をきかなかった。もちろん、この見合いも流れた。

別の女性とは、二人きりでダンスホールで見合いをした。相手は愛くるしい顔立ちの女性で少し気をそそられたが、またあとで断るのも悪いと思って正直に告白した。

「ぼくはまだ結婚する気はありません。おふくろがカネをくれるので見合いをしましたが、今日は踊ったり飲んだりするだけで、お見合いのことは忘れましょう」

彼女にとってはひどい侮辱だったろう。

私と見合いをしたお嬢さん方は、私などより、はるかにまともな男性と結婚して幸せに暮らしているだろう。

初恋は年下の人妻

三十歳にもなって独身で、何回見合いしても結婚しなかったのは、当時の私には恋人がいたからだ。なぜその女性と結婚しなかったかというと、彼女は人妻だったからである。ひょっとしたら夫と離婚して、私と一緒になってくれるかもしれないという一縷の望みも捨てきれないまま関係が続いていた。

その女性とは医局に入ってほどなく知り合い、夫のある身と知りながら親密な関係になった。今でこそ青年と人妻の恋といえばロマンチックな響きを持つが、昭和三十年代には文字通り不倫になる。それは歓びであると同時に苦しみでもあった。そのあたりのことは、四十代後半になってから『木精』という小説に書いた。小説では主人公が人妻との恋に終止符を打つためにドイツの神経研究所に留学するという設定に変えたが、主人公が女性との情事を忘れきれずに甘美な追想をするくだりはほぼ実話である。興味のある読者は、そちらを参照していただきたい。

それは初恋であった。ちなみに私が初めて女性を知ったのは別の女性と二十六歳のときのことで、それは好奇心からだった。今から考えると、ずいぶんオクテだったことになるが、時代のせいもあった。

思春期は戦争のただ中で恋をするどころではなく、旧制松本高校に入ってから終戦を迎えたが、性欲もわかないほど飢えに苦しめられた。

戦前、松本高校で青春時代を送った私の叔父によると、松高生はコンパというと浅間温泉で芸者を揚げて遊んだという。松高の大先輩の臼井吉見さん、中島健蔵さんらと座談会をしたときに聞いた話だと、土地の娘たちは松高生と仲良くするために和歌を習ったそうだ。それでもあぶれた松高生は、紡績工場の塀のあたりにたたずんでいると、紡績工場の女工たちが放っておかなかった。だから、当時の松高では二年生にもなって童貞というのはよっぽど変わり者で、数えるほどしかいなかったという。

しかし、私の時代には食べることに必死で、女を調達するより食糧を調達するほうが優先された。私は学生寮に入って委員をやっていたので、寮生の空腹を少しでも満たすためにカボチャやイモの買い出しに行ったが、それさえも手に入らないことがあった。

思春期の少年は性欲が高まると女の体を夢想するものだけど、本当に飢えてくると食べ物を夢想するようになることを知った。それも飢えの程度によって、頭に浮かんでくる食い物が違ってくる。私が育った家は、父が質素だったので、最高のご馳走といえばすき焼きだった。にぎり寿司を食べたことは一回しか記憶にない。それでも子どもたちの誕生日には、銀座の「オリンピック」という中クラスのレストランに連れていってもらい、海老フライを食べられるのが嬉しかった。こんがりと揚がった車エビ三本にタルタルソースがかかっていた。

そんな記憶があるので、飢え始めのうちは海老フライやすき焼きが目の前にちらつく。もっと飢えが増してくると、今度は目の前に大福餅を山のように積み上げて、次から次にノドを通す幻想が浮かび上がってくる。のちに私は『楡家の人びと』で、楡家の長男の峻一が軍医として応召され、太平洋のウエーク島で飢餓に苦しんだときに大福餅をむさぼり食うことを幻想する話を書いたが、それは私自身の体験だった。

いよいよ飢えきってしまうと、茶碗に山盛りにした白い米が頭に思い浮かんでくる。

寮生の中には農家の出がいて、家から米を持ち帰ったときは、みんなで歓声を上げて迎えたものだ。その米もたまにしか手に入らず、貴重な米が入手できたときは、一部屋に四人いた寮生たちは飯盒で四合炊いて一合ずつ食べた。

あるとき、私が買い出しに行って、ようやく米が手に入った。本当なら寮のみんなと分けて食べなければならないところを、どうしても腹一杯食べたくなり、四合を一度に炊いて一人で食べたことがある。十人の女を侍らせたような気持ちだった。それほど性欲より食欲が先行していた。

仙台の大学に行っていたころは食糧事情はだいぶ良くなったが、私は医学生だったので梅毒の恐ろしさをたたき込まれた。梅毒からくる進行マヒというのは、当時、脳細胞の変化が知られている唯一の精神病だった。代表的な精神病の精神分裂病や躁鬱病では脳細胞の変化は見られない。私はインターン時代に仙台の脳病院に行かされたが、そこには進行マヒの患者がごろごろいた。東京に戻ってきて慶応大学の医局に入ったころはペニシリンのおかげで治るようになったが、それでも梅毒は恐れられていた。

まだ売春防止法ができる前だったので、東京の歓楽街には赤線（公娼）や青線（私娼）があって、同人誌の連中はそこで女を買っていた。私は梅毒患者をさんざん見ているから、一緒にいっても座敷に上がらず、下で酒を飲んで待っていた。

そうした時代の影響や職業的知識だけでなく、私はもともと性に淡白なのかもしれない。ずっとのちの話になるが、性文学の新境地を開いたとされる吉行淳之介さんとお会いしたとき、

「きみはなぜ性を書かないのかね」

と訊かれたことがある。

私は、

「みんながあんまり性のことを書くので、天の邪鬼の私は書きたくないのです」

と返答した。

だいぶあとになって、私はめずらしく母に誉められたことがある。

「あなたはロクなことを書かないけれど、変なことを書かないのが唯一の取り柄です。これからも、決して女のことを書いてはなりません」

吉行さんは私が通っていた麻布中学校の五年先輩で、早い時期に文壇に出ていた。しかも性については私の及びもつかぬ深奥を究めているので、彼の前に出ると私はヘビににらまれたカエルのように恐縮してしまう。あるとき、

「きみは女を何人知っているのかね」

と訊かれて、おそるおそる片手の指を広げて見せた。その頃は外国で女を買ったりしていたからである。当時、私は「清純派作家」などと呼ばれていたのだが、そのことを何かに書かれたおかげで、若い女性の読者からお叱りの手紙が来た。

「私は北さんだけは信じていたのに、もう男という男には失望しました。私は一生結婚などするつもりもなくなりました」

吉行さんもずいぶん罪なことを書いたものである。

しかし、初恋の女性とはかなり長くつづいたが、不思議に罪悪感はなかった。当時の倫理観からすれば、人妻との不倫は反社会的な行為とされたが、私は自分を社会から逸脱した存在と決めていたから少しも痛痒を感じなかったのである。

当時の私は、トーマス・マンが『トニオ・クレエゲル』で書いている「芸術家」と「市民」の対立命題に惹かれていた。小説家を目指している自分は、勤勉な生き方ができる市民などではなく、「緑色の馬車に乗った」流浪の民のような存在であると信じていた。そうしたアウトサイダーである以上、平凡な結婚より不倫のほうがふさわしいというわけである。

彼女とは手紙のやり取りもしていたが、彼女が大事に隠し持っていた私の手紙を夫が見つけて問い詰めたことで私との関係が発覚した。そのとき彼女は、夫に向かって離婚してほしいと言ったが、ひどく殴られて拒否された。もはや彼女と結婚できるかもしれないという望みは絶たれ、それからしばらくして私たちは別れた——。

可愛かったヒザ小僧

さて、話は冒頭に戻る。

半年におよぶ航海から帰った私は、再び慶応大学の医局に戻り、居候をしている兄の医院の診療も手伝いながら小説を書いた。ところが、慣れない船旅がたたったのか、航海が終わるころには十二指腸潰瘍を病みはじめ、その年の秋には症状が悪化したので、医局を休んで静養することになった。

それまで長編小説は自費出版した『幽霊』を書いていたが、あとは短編小説ばかりだった。この機会に書きかけたままの中編小説『夜と霧の隅で』を仕上げようと軽井沢に行って十日ほどこもったが、思うように進まない。そこで気分転換のつもりで航海中の体験をユーモア・エッセイとして書くことにした。

実は航海中、船上での生活や寄港地での物珍しい見聞を書いては「文藝首都」に送り、「船上にて」という連載エッセイを掲載していた。なかなか好評だったようで、それを読んだ編集者、何人かが私の帰国後訪ねて来て、一冊の本にまとめないかと言ってきた。

その一方で、そのころには同人誌だけでなく、文芸誌の「新潮」にも私の小説が載るようになり、芥川賞の候補になったことがある。エッセイはあくまで余技で、私が本当に書きたいのは純文学だったから、編集者の申し出をことごとく断っていた。私の意志が固いのを知ると、スッポンのように食いついたら離さない編集者たちもさすがにあきらめたが、一人だけ例外がいた。

それが当時中央公論社に勤めていた宮脇俊三さんで、出版を断ったのちも、何かと理由をつけて呼び出しては酒をおごってくれた。もう本を書けとは言わないので、私も安心してつき合っていた。私の麻布中学の先輩で、文芸評論家の奥野健男とも宮脇さんは親しいから、三人で一緒に飲むことが多かった。

そのうち本格的に胃潰瘍を患い、意気込んで書きはじめた中編小説も筆が止まり、私の苦境を知った宮脇さんが、ガラリと作風を変えて書いてみたらどうかと勧めてくれた。最初に航海記を依頼されてから半年後のことで、酒に誘い出しながらこの機会を待っていたかと思うと、編集者恐るべし、である。

すでに同人誌に発表した連載もあるし、航海中は日記を付けていたので、二ヵ月ほどで書き上げることができたが、題名には難航した。江戸時代に「○○先生行状記」という題名の本が何冊も出ていたので、それをもじって「どくとる○○航海記」としようとしたが、○○に困った。あれこれ考えた末に、航海中にマンボウが釣れて、その巨体が悠揚と泳ぐさまが俗世から超然としているところが気に入って『どくとるマンボウ航海記』とすることに決まった。

以来、私は「マンボウ先生」と呼ばれることになるが、当時は踊りのマンボが流行していたので、しばしば「マンボ」と間違えられて困った。

その年の十二月に原稿を渡し、翌年の三月に出版されたが、六年前に自費出版した『幽霊』があまりにも売れなかったので、私の本が売れることは期待していなかった。それでも気になったので、近所の小さな書店をのぞいてみたが、私の本は見つからない。「なんだ、小さな本屋までは置かれてないのか」と思った。なにしろ、初版は七千部だったのだから。

しかし、念のために書店の人に聞いてみると、入った本は全部売れてしまい、版元で増刷しているところだという。私はその言葉を信じられなかった。そこで、当時いちばん大きな新宿の紀伊国屋書店に行ってみた。そこでも見あたらなかったが、新刊書を平積みしてあるコーナーに一ヵ所だけ空きがあって、そこに『航海記』の帯が落ちていた。本当に初版本は売り切れたのだと思った。

自費出版の経験からいって、初版というのは誤植が多く、それを直した二版以後のほうが大事だと思っていた。実際、『航海記』の初版には誤植がやたら多かった。そのため私は手元の初版本をみんな人にあげてしまった。

しかし、初版本は古本屋に並ぶと骨董品的な値段が付けられて、二版以後とは雲泥の差があることを知ると、そのころつき合いだした女性、つまりのちに妻となる喜美子にくれてやったのを後になってから返してもらった。われながらケチな話である。

喜美子とつき合うようになったのは、ハンブルクでお世話になった商社のハンブルク支店長のYさんが任期を終えて一家で帰国してからだった。ちょうどそのころ、兄のところでパーティがあり、友人知人に声をかけて誘った。喜美子を誘ったのは、半分はハンブルクで世話になったお礼だが、半分は私につれない態度をとり、送った本の礼状もよこさなかったので文句の一つも言うつもりだった。ドイツに戻っていた女性精神科医のベントさんも再来日していたので一緒に呼んだ。

その日、喜美子は日本では見たこともないヒザ上までの丈のスカートを穿いてきた。のちにイギリス人モデルのツイギーが来日して一躍ブームになるミニスカートである。当時のドイツではすでに流行していたそうだが、私は初めて見るミニスカートのなまめかしい脚に気をとられ、一年近くも溜めていた文句を言うことも忘れてしまった。

彼女は相変わらずポッチャリしていた。私はスリムな女性が好みのタイプで、その点はマイナス査定なのだが、スカートからのぞいた脚はそれを充分に補ってくれた。

私の『どくとるマンボウ航海記』の編集者だった宮脇俊三さんも、そのパーティに来ていたので、だいぶあとになって訊いてみたら、こう証言してくれた。

「確かに奥さんはミニスカートのようなものを穿いて、ヒザ小僧はなかなかに見えたのは覚えています」

そのときのことを、だいぶあとになって「ヒザ小僧が可愛かったから結婚した」とエッセイに書いたら、怖そうなオバサンの読者からお叱りの手紙が来た。

「ヒザ小僧だけで結婚するとは何ごとですか」

最近になって、可愛いヒザ小僧に眩惑されたことを思い出して妻に話すと、とっくに還暦を過ぎて孫もいる妻は言った。

「いやだわ。それはセクハラじゃありませんか」

やはり女は怖い。

喜美子とは、こうして再会してつきあい始めた。二人で喫茶店に行ったとき、彼女は訊いた。

「齋藤さんは、どうして結婚なさらないの？」

航海に発つ前は人妻と付き合っていたから誰とも結婚する気はなかったのだが、もう彼女とは別れていた。しかし、そんなことを正直に言えるわけがない。そこで、文学を志しているから結婚はお預けにしてきたというような意味のことを答えた。

しかし、彼女が私にそう尋ねたのは、個人的な興味を抱いているからに違いなく、そのことに私は喜んだ。

ヒザ小僧以外にも惹かれたのが彼女のドイツ語の発音だった。私はトーマス・マンの絶大な影響で、いつかドイツに留学したいと思っていた。その留学生試験には落ち、代わりに船医を志願して短期間だけ彼の地を踏んだわけだが、以前からリンガフォンのレコードでドイツ語会話を練習していた。おかげでドイツに行ったときも簡単な会話なら支障なくこなせたが、二十過ぎから二年近くドイツで暮らした喜美子は、そんな私より数段上等なドイツ語を話した。

とくに「可愛い」という意味のドイツ語「ヒュップシュ」というのは日本人には発音が難しい。ドイツに行ったとき、現地の女性に声をかけたが、「シェーン」(美しい)とは言いたくないので「ヒューピッシュ」と言った。ところが、何回言い直しても通じない。その「ヒュップシュ」も彼女はきれいに発音できた。

私はこのときも、まだドイツに留学する希望を捨てきれず、チャンスがあったら絶対に行こうと思っていたから、結婚して連れて行くのにドイツ語が上手な妻なら鬼に金棒という計算もあった。もっとも、ドイツの女性に「あなたは可愛い」と伝えるのに、妻に訳させるわけにはいかないだろうが。

のちに私たちの結婚披露宴で、喜美子側の知り合いのドイツ文学の先生がスピーチの中でこんな話をした。

「私がドイツに留学していたとき、喜美子さんは大勢の学生を相手に滔々と弁じているのを聞いて驚くと同時に、こういう日本人女性もいるのだと誇らしく思いました。私にもわからない学生言葉もずいぶんありましたが」

そういう席なので半分はお世辞にせよ、先生が聞いても少しは上手だったのだろう。

喜美子とつき合って、もう一つ気に入ったのは、性格が慎ましく穏やかなことだった。以前つき合っていた人妻は気の強いところをたびたび見せていた。いちばん身近な母ときたら、イカズチの如く怒鳴り散らす父に鍛えられたせいか、これまた気丈な女だった。それに比べれば、喜美子の性格は大和ナデシコの見本のようなものだった。もっとも、結婚すると「大きく変身する女」がいることをあとで知ることになる。

ともかく当時は、こんな女性と結婚できたらいいなと思っていたが、私は大学の医局に勤める無給助手で、兄の家に居候しながら小説をコツコツ書いている男である。商社幹部の父親というカタギの家庭に育ったお嬢さんにふさわしいとは言えない。

これは結婚後に聞いた話だが、喜美子は中学生の頃坂口安吾の写真を見たり、太宰治の伝記を読んで、「作家という人種は、なんて怖いのでしょう」と感じ、作家とだけは絶対に結婚すまいと思ったそうだ。

そんな喜美子の関門を私がくぐり抜けたのは、私がまだ医者をやっていたことと、『どくとるマンボウ航海記』が作者の予想に反してベストセラーとなったからだろう。昭和三十五年三月に出版されたが、日本中が騒然となった安保の年であったにもかかわらず、日本の社会とも政治ともまったく無縁なエッセイがその年の売上げ第一位を記録していた。

この年は良いことが続くもので、三月になって悪戦苦闘の末にようやく仕上げた『夜と霧の隅で』が「新潮」五月号に掲載され、上半期の芥川賞を受賞した。私としては、その前年に発表して芥川賞の候補作になった『谿間にて』のほうが優れていると自負するが、惜しくも落選した。賞に選ばれるというのは運もあるのだろう。

世間というのは現金なもので、私が芥川賞を受賞すると、六年前に自費出版して十冊ほどしか売れなかった『幽霊』を中央公論社がちゃんとした本にして出版すると、これも売れたのである。ユーモア・エッセイとシリアスな小説というのは好対照で、のちに雑誌で「マンボウ派と幽霊派」という特集まで組んだものだ。

さらに三月には学位論文「精神分裂病における微細精神運動の一考察」が大学の審査を

通過して、私は医学博士号を授与された。これは小説がずっと売れず、博士号をとっておけば兄の医院を手伝えるだろうと、やむを得ずやった仕事である。

たんなる作家志望の医者ではなく、ベストセラーを書き、芥川賞も受賞したことで、プロの作家として少しは社会的に認められたことになる。それはまた喜美子と結婚する条件が調ったことでもある。こうして喜美子にプロポーズをすると（今では何と言ったのか忘れたが）、ご両親と相談の上で受けてくれた。

考えてみると私たちが結婚するまでには、双方ともかなり慎重であった。しかし、愛が燃えて一途に突っ走るだけでは、結婚してから何十年と続く共同生活を維持できないだろう。紆余曲折の四十年を振り返ってみて、結婚には愛も大切だけれど打算や駆け引きという冷静な視点も大事なことだとつくづく思うのである。

セミの生涯は幸いなるかな

昭和三十六年四月三日、私たちは結婚した。

披露宴を行った三田の三井倶楽部のラウンジには招待客がたむろしていて、二階からそこに降りていく階段を新郎新婦がしずしずと下っていく趣向になっていたのは、少なからずみっともなかった。

ラウンジでは、みんなカクテルを飲みながら談笑しているので、私もさっそく一杯やり始めた。ところが、その一杯を飲み終わらぬうちに式場に客が入り始めたので、私も挨拶をするために入り口に立った。ラウンジのカクテルは、新郎新婦を待つ客のためだったのだから、新郎の私がカクテルを飲めなかったと文句を言っても仕方がない。

披露宴会場は百名ほどの客だったので、それほど長い行列はできなかったが、一人ひとりにお辞儀をするのにすっかり疲れてしまった。それで途中からボーイ長に頼んでカクテルを一杯持ってきてもらい、それをチビチビやりながらお客様に挨拶をしたことを覚えている。

披露宴が始まると、挨拶が続いて飽きてしまい、早いとこ酒をガブガブ飲みたくなった。そのうち新婦がお色直しに席を立ったので、彼女の前にあった酒を飲んだ。反対側の隣の席は、仲人を引き受けていただいた大碩学の河野与一先生だが、この先生もあまり飲まれなかったので、ワインなどを分けていただいた。

なにしろ結婚披露宴は初めてのことで、衆人環視の中でひな壇に座っているのはひたすら恥ずかしく、飲まないではいられなかった。

本来はご招待しなくてはいけなかった人も、会場の都合ということで招待状を差し上げなかった。それに加えて父の高弟などもお招きしたので、私のほうは招待客をどんどん削っていった。親しい作家仲間は招んだが、その奥様たちはお招びできなかった。三島由紀夫さんとは面識があったが、私より二歳しか年長でないのに作家としてのキャリアは長く、恐れ多くて招待状を送らなかった。ところが、ある雑誌の編集者を通じて、結婚式に出たいという意向を聞き、慌てて招待状を送ったというドタバタもあった。

披露宴の祝辞は延々と続き、医局の教授は「北君も頑張って獅子文六のような文豪になってほしい」というようなことをおっしゃった。獅子文六は好きな作家ではあるが、ちょっとピントが外れていた。宴席の作家たちの席のあたりで笑い声が起こったが、三島さんの高らかな笑い声は傍若無人といえるほど高らかに響いたことを覚えている。

披露宴が終わる間際、司会者をお願いした宮脇俊三さんと兼ねて打ち合わせておいた通り、「新郎のスピーチ」というのをやった。今では新郎や新婦がスピーチすることはめずらしくなったが、当時は型破りだった。

「私はこの結婚に先立ち、花嫁にひとつの言葉を贈りたいと思います。これはギリシアの哲学者、クセナークスの詩句で、

セミの生涯は幸いなるかな

彼らは声なき妻を有すればなり
というものであります。いいか、喜美子、よく覚えておけ」
セミはオスが鳴くだけでメスはまったく声を発しない。クセナークスは、ギャーギャー騒ぐ妻によほど手を焼いていたのだろう。私はこの箴言を妻に捧げたのである。

私がわざわざその言葉を選んで異例の新郎スピーチをしたのは、すでに私は悪い予感がしていたからに違いない。衆目の面前で釘を刺したはずなのに、わが家のメスゼミは結婚してしばらくは静かにしていたものの、やがて鳴き方を覚えると、夫をなじり、誹謗し、痛めつける言葉をジージー、ギーギー、ミーンミーンと鳴きわめき、それでも足りずにオーシーツクツクとがなり立てるようになった。このメスゼミはいつの間にか性転換したに違いない。

こうして披露宴を何とか無事に終えると、私たち新郎新婦は友人とバーでちょっと飲み、都内のあるホテルに泊まることになった。それは由緒あるホテルだったが、私たちの部屋は旧館のせいかいやに古めかしく貧相に見えた。私はそんなことはかまわないのだが、一緒に付いてきた母が「新婚そうそう、これではひどすぎます！」と言いだした。どこまでも息子の世話を焼きたがる女である。それで急遽ホテルの新館の広い部屋に移された。

そこはスイートルームで、二人で泊まるにしては贅沢なことに大きな部屋がいくつもあった。その後四十年、私はあれほど広い部屋に泊まったことがない。広いだけならまだしも、高いのやら低いのやら十数台の電気スタンドが置いてあるのには驚いた。少々酒を飲み過ぎた私は、電気スタンドに見守られて初夜を迎えた。

新婚旅行は愛知県の蒲郡に行き、その帰途に取材で熱海に一泊した。当時、私は自分が生まれ育った齋藤家の大正時代から終戦後にかけての歴史を長編小説にする構想を抱いていた。時代という縦糸に多彩な登場人物たちを横糸に絡めた重厚な作品になるはずだった。そのためにはまず齋藤家の歴史を知る人たちへの取材が必要だ。

熱海には、私が生まれた齋藤家で働いていた女性がいた。すっかり年をとった彼女に熱海のホテルへ来てもらい、夜遅くまで話を聞いた。昔の齋藤家を知るには都合がよかろうと妻も同席させた。取材が終わって彼女を見送るとクタクタになり、私たちはベッドに転がり込んだ。

疲れているので離れて寝ようとしたのに、ホテルのダブルベッドは中央がくぼんでいて、互いに離れて寝ていると、いつの間にか二人とも中央に転がっていってぶつかるのにはまいった。

その後も結婚の挨拶をかねて、妻と一緒に父の実家の山形県上山市や小説の登場人物に擬した人々がいる仙台などを訪ねて回った。

慶応大学医学部神経科の医局はこの年の一月にやめていたが、結婚後も夫婦で居候を続けていた兄の医院を週に一日は手伝いながら、いよいよ雑誌や新聞からの原稿依頼が増える中、新婚間もない八月から『楡家の人びと』の執筆を開始した。

ようやく味わう新婚気分

結婚後も兄のところに居候をしていたが、新居の準備はしていた。ベストセラーになった『どくとるマンボウ航海記』の印税のおかげである。私は生活面でいい加減ではあったが、さすがに住居も家計も自立できなければ結婚すまいと思っていた。

まだ婚約時代に喜美子と二人で家を見て回り、私は雨露さえしのげれば何でもいいと思ったが、喜美子はなかなか首をタテにふらなかった。そこで土地を探して家を建てることにした。

その話を宮脇さんにすると、彼の自宅の隣にちょうどよい空き地があるという。井の頭線の東松原に近い住宅街の閑静な町並みが気に入り、さっそく地主さんに交渉して譲ってもらい、家を建てることになった。その家が完成するまでは、兄の家で新婚生活を過ごすことになった。

兄夫婦には四人の子どもがいて、母も同居していた。さらに医院も兼ねていたから住み込みの使用人もいる大家族だった。私はずっと居候していたので、そこで新婚生活を送ることになっても変化はなかったが、嫁に来た喜美子は戸惑ったことだろう。

なにしろ齋藤家は変人揃いである。まず母が明治生まれの女性のわりに自由奔放といえば聞こえはいいが、自己中心の勝手気ままな女である。そのころ、胃潰瘍の手術をして胃袋が小さくなったので一日に五回も六回も少しずつ食事をしなければならないといって、とんでもない時間に食堂で食事をした。食事の用意はお手伝いさんが全部やってくれるのだが、家族そろって食事をするのが当たり前の家庭に育った喜美子は面食らったようだ。

兄の齋藤茂太は外ヅラこそいいものの、家庭的にはかなりわがままで妻に頼りきり、親戚の間では兄嫁がいなかったら、とっくに破滅しているというのが定評だった。

肝心の私は念願かなって医局勤めをやめ、兄の医院の手伝いをする日を除いて作家活動に専心し、自室に閉じこもって執筆に励んでいた。妻にしてみれば夫の私とは食事のときくらいしか話をする時間がないのに、私は新聞を広げ、食事中に妻が話しかけてもろくに返事もしなかった。おまけに私は熱狂的な阪神タイガースのファンで、野球中継のある日はラジオにかじりつくようにして聴いていたから、妻は話しかけるどころではなかった。

あいかわらず外で酒を飲んでは泥酔して帰宅することも多かった。ときどき玄関を入ったところで寝込み、起こしてもダメであったと妻は言う。また、家に入っても手洗いで寝込んでしまうことがたびたびだった。妻は物音で私が帰宅するのがわかったが、いつまでたっても部屋に来ないので探してみると、手洗いの床で眠り込んでいる私を発見する。その私を引きずるように部屋まで運んで寝かせるのは一苦労だったという。

私は何もかも独身時代の延長で、結婚したという自覚が乏しかった。妻は心細かったことだろう。

おまけに私は、自分が難病にかかっていると思い込んでいたので、妻に言った。

「ぼくは脊髄性進行性筋萎縮症の疑いが濃厚だ。たぶん五十歳にならないうちに死ぬだろう」

以前、私の肩甲骨の下の筋肉が少し落ちているのを発見して心配になり、病院の専門医に診てもらったところ、「ふうむ」と言ったきり何も診断をくださなかった。それで私は医学書を読みあさってこの難病のことを探し当て、進行は遅いが徐々に筋肉が萎縮して五十歳までに亡くなる例が多いということを知った。そうした私自身の体験から、私はのちに『楡家の人びと』の中で、変わり者の米国《よねくに》がこの難病だと信じ込んでいることを書いた。

新婚早々、そんなことを聞かされた彼女は、ますます不安がつのったことだろう。事実は私の誤診というか勝手な思い込みで、現に七十歳を過ぎても未だに生きている。足腰が弱くなっているのは年齢と運動不足からくるもので、難病のせいではない。

何の因果か変人たちの中に紛れ込んだ妻であったが、それでも兄嫁の美智子が良くできた心のやさしい女性で、何かと喜美子の面倒をみてくれた。「そのおかげで、どれほど救われたかしれません」と、のちに妻は述懐している。

齋藤家での居候生活も新婚六ヵ月で終わり、その年の十一月になると完成した新居に移った。本を置くためのスペースは確保したかわりに応接間はなかったけれど、二人だけで暮らすには充分な家である。私たちは食堂を使わず、小さな四畳半のコタツの上で食事をしていると、はじめて新婚生活の気分を味わい、結婚もいいものだと思った。

因縁の土地に構えた新居

住んではじめてわかったが、新居は私にとって何かと因縁のある土地だった。近所を散歩してみると、羽根木公園というかなり大きな公園がある。最近は野球場もあれば、テニスコートもある。かなりの梅園があって、梅の名所として知られている。梅の花の盛りには「梅まつり」が行われ、多くの見物人が押しかけ、売店も出て賑わう。

この羽根木公園は、私が子どものころに昆虫採集に行った根津山を造成してつくったことを聞き知った。私の生まれた家は青山にあったが、そのそばの坂に名門の根津家のくすんだ白壁が長々と続いていた。この根津家が世田谷に広大な森を所有していたので、そこは俗に根津山と呼ばれていたのである。

青山で暮らしていた私が、たびたび世田谷の根津山に行くようになったのには齋藤家の事情がある。

青山には祖父の齋藤紀一が建てた宮殿のように豪壮な青山脳病科病院があったが、関東大震災の翌年に失火で焼失した。その土地は借地で地主との間で訴訟があり、また地元の住人が精神病院再建反対運動を起こしたことから、病院建設の認可権を持っていた警視庁は病院再建の許可を出さなかった。

そのため、祖父は東京府下でまだ麦畑だらけだった世田谷松原に土地を借り、新病院を建設したのである。祖父はすでに衰えており、カネの工面をした父の茂吉は血涙をしぼる苦労をしたという。私が物心ついたころ、新病院は青山脳病院の本院として軌道に乗り、青山にも小さな分院ができていた。それだけでなく、当時、母は私たち家族と別居してい て、世田谷の本院のそばに建てた家で暮らしていたから、子どもの私は母に会うために青山から世田谷松原にたびたび来ていたのである。

母の輝子が父や私たち子どもと別居するきっかけは、昭和八年の「ダンスホール事件」だった。銀座ダンスホールの青年教師と、常連客の有閑マダム、令嬢たちとの不行跡に警視庁が青年を逮捕して関係者からも事情を聞いた。その関係者の中に母がいて、この一件は新聞のゴシップ記事にもなった。この「ダンスホール事件」が新聞で書き立てられると、父は激怒して母に家を出て行けと命じた。離縁しなかったのは、母が家つきの娘で、父は齋藤家の婿養子だったからだろう。

母は一時、自分の母親の実家である秩父に身を寄せていたが、その後は父の弟の高橋四郎兵衛がやっている山形県上山町の旅館にやられた。父は弟に、妻を厳重に監視して半ば幽閉状態にせよと命じたそうだ。

しかし、叔父は我がまま勝手な母を持てあましたのか、それとも母が無断で逃げ出したのか、東京に舞い戻った母は、世田谷松原の病院わきに家を建てて暮らしていた祖父の長男、つまり母の実弟のところに寄寓することになった。そこには母の実母も暮らしていたので、彼は断りきれなかったのだろう。母に押しかけられて、長い渡り廊下で母屋でつながった二間の離れを急いで増築させたという。実の姉弟なのに、この二人は気が合わなかったらしい。

母が家を出たのは私が六歳のときで、当時の私はその事情がわからなかった。母がいなくなってから一年ほど過ぎたころ、彼女が松原の家にいることを知らされた。

私より十一歳上の兄茂太、二歳上の姉百子、二歳下の妹昌子、それに私の四人は、父に内緒で病院の車を出してもらい、一年ぶりに母と再会を果たした。もう会えないと思っていた母を目の前にして、私と姉妹は母の胸やヒザにしがみついて泣いたことを覚えているが、年長の兄は困ったような顔をして私たちの背後に立っていたような気がする。

それからは、たびたび母に会いに行くようになった。私たちが母のところに行くことは、そのうち父も知るようになったが、父は気づかぬふりをして何も言わなかった。

小学校の上級生になり、一人で青山から松原まで自転車をこいで行けるようになると、毎週日曜日になると母のもとに通った。ときには土曜日から泊まりがけで行くこともあった。

母に甘える年ごろを過ぎてからは、松原の家にいる二人の従兄弟と遊ぶことが楽しみだった。上の従兄弟は私と同じ年齢、下の従兄弟は二歳下で、一回りも年長の兄しかいない私は姉や妹よりも彼らと遊ぶほうがずっと楽しかった。

私は小学校四年生のころに昆虫採集をはじめ、中学校になると本格的な虫マニアになっていた。母がいる松原の家の近くにある根津山は、ナラやクヌギの樹液に集まる昆虫の宝庫だった。なかでもクロカナブンというコガネムシの中でも姿の良い一種がかなりいたことが嬉しかった。樹液に集まる虫たちは、昼間よりも夜のほうが集まってくる。土曜から泊まりがけで松原の家に行くときは、決まって夜の昆虫採集をした。漆黒の闇を懐中電灯の光を頼りに、私と従兄弟たち三人は探検気分で根津山のクロカナブンを採集して回ったものだ。

それから二十年が過ぎ、根津山の森は明るく広々とした公園に造成され、その近くに私は引っ越してきた。青山脳病院の本院は昭和二十年五月の大空襲で全焼し、その跡地は梅ヶ丘病院になり、昔の名残に父茂吉の歌碑が建っている。

それだけに母にとっても懐かしい土地のはずだったが、兄のところで暮らしていた母が私たちと一緒に暮らしたいと言わなかったのは幸いだった。母は自分勝手なだけでなく、そのころには自分が気に入らないと怒り出すようになっていたので、そんな母に押しかけられたとしたら、私は年中叱言を聞かされ、喜美子は気を遣い、わが家は破滅していたに違いない。最期まで母の面倒をみてくれた兄夫婦には心から感謝している。

こうして私たちが新居を構えてから現在まで四十年間、そこに住み続けることになる。

第二章　夫婦の逆転

身重の妻を残して南太平洋へ

　松原の家に越してきて一ヵ月後の十二月初め、私は新潮社の依頼で書き下ろしの旅行記を書くために南太平洋に発った。

　そのとき、妻は妊娠六ヵ月だった。私はまだ医者をやっていたが、精神科だから女性の体のことはわからない。はじめは妻が妊娠したことさえ気がつかなかった。その年の夏、妻が、

「あなた、なんだか体の具合が悪いわ」

　と訴えても、私は、

「そりゃ夏負けだよ。もっと縄跳びとか運動してごらん」

　と言っていた。

　私の言う通り、妻は「目標二百回」といって縄跳びをしていた。そのうち健康診断で慶応病院で診てもらったら、妊娠ということがわかり、予定日は来年の四月だと言われた。縄跳びで流産しなくて本当によかったが、ツワリには苦しんだ。ツワリがあまりひどくて

食事も満足にできなかったので、ブドウ糖を注射したものの、あとはほったらかしだった。妻はときどき点滴を受けに病院へ行っていた。

今から思うと妻に冷たい夫だったと思うが、当時の私は良き家庭人であるよりも作家としてのエゴを通すのが当たり前だと思っていた。結婚したとはいえ、トーマス・マンのいう「芸術家」の道を優先していたのである。

まだ海外渡航が制限されていた時代で、戦前はともかく戦後になってポリネシアに行ったのは、それまで新聞社の記者とカメラマンの二人連れ、それに練習船くらいのものだった。海外渡航が自由化されるのは、それから二年少したった昭和三十九年四月のことである。

私がビザを申請する際、職業を「ライター（作家）」とすると受理されないおそれがあるので、「ドクター（医師）」と書いたことを覚えている。ライターは現地に都合の悪いことまで書くから、敬遠されるのだという。

ハワイからポリネシアに入る予定だったが、現地の情報がほとんどないので、スケジュール表をつくれず、いつ帰国できるかも未定だった。

出発の日、羽田空港には新潮社の社長も見送りに来てくれ、部屋をとって簡単な壮行会をやってくれたが、大げさに言えば水杯を交わすような出発の挨拶をした。飛行機に向かう私を見送るとき、妻は私がもう帰ってこないのではないかと思って泣いたことをあとで知った。当時はまだ「けなげな新妻」だったのである。

ハワイに着いて、ワイキキのホテルで初めてパパイヤを食べると思いのほか美味しくて、「喜美子にこのパパイヤを食べさせてやりたい」とハガキを出した。ところが、妻のことを思ったのはそれきりで、それから夕ヒチに行き、フィジーに渡り、さらにニューカレドニア、サモアに足を延ばしてポリネシア巡りをしている間は南方の楽園にすっかり心を奪われた。

いちどフィジーで子どもの踊りを見たときだけは、やがて生まれてくるわが子のことをチラッと考えたが、妻のことまでは思い浮かばなかった。

このときの旅行記は『南太平洋ひるね旅』という本になった。

帰国したのは翌年の一月の終わりで、二ヵ月も家を空けていたことになる。その間に、妻のお腹はかなり大きくなっていて貫禄さえついていた。

出産予定の四月を迎え、妻がいよいよ陣痛が始まったとき、私にはそれが陣痛であるのか、それとも悪いものを食べて食あたりをしたのかの区別さえつかなかった。

おろおろして私は隣家の宮脇俊三さんのお母さまに訊きに行った。彼女は十一人も子どもを産み、出産にかけては大ベテランだからだ。私が妻のようすを話すと、

「北さん、それは陣痛ですよ。すぐにタクシーをお呼びなさい」

と言われた。

私は宮脇家から、近所のタクシー会社に電話をしたあと、ヤカンを火にかけて湯を沸かし始めた（当時、我が家にはまだ電話が引かれていなかった）。家で出産するのではないから、タライの湯を沸かしているわけではない。私はヤカンで徳利酒の燗をしたのだ。一杯やらなくては、とても病院まで付き添って行けそうもなかった。タクシーが来ると、私はウイスキーの小ビンを持って妻と乗り込み、車の中でウイスキーをチビチビ飲んだ。

なだいなだ君は神経科医局の後輩だったが、フランス人の妻のルネさんの出産を見学したそうだ。彼は精神医学だけでなく何でも知っているので、いざというときは自分で出産の手伝いをするつもりだったのだろうか。その話を聞いていたので、妻が分娩室に入るとき、先生に訊いた。

「夫が医者の場合、妻のお産に立ち会わなくてはいけないのでしょうか」

「いや、そんなことはありません」

妻が泣き叫び、赤ん坊が血まみれになって出てくるところを見なくてすむと思うとすっかり安心して、廊下をあっちへウロウロ、こっちへウロウロしながらタバコを何本も吸いながら待っていた。しかし、いくら待っても分娩室の向こうはシンとしたままで、いっこうに生まれる気配がない。

そこで慶応病院の近くにある兄の医院へ行って、半年前まで居候していた六畳間に寝ころがって気を静めた。だいぶたってから病院へ引き返したら、もう赤ん坊は生まれていた。妻は病室に移されていたので見舞いに行くと、赤ん坊を抱いた看護婦さんがやってきた。女の子だというが、人間の赤ん坊なんてどうせサルの子みたいな顔をしているだろうとのぞき見たら、はたしてその通りだった。しかし、妻の疲れ切った顔を見ると本当のことは言えなかった。

「さすが喜美子、でかした、でかした！」と、赤ん坊のかわりに妻を誉めた。

由香と名付けた赤ん坊はつつがなく退院し、日増しに赤ん坊らしくなってきた。

赤ん坊が寝入っているとき、私はその寝顔にしげしげと見入った。わが子だと思うと、やはり可愛い。

「これこそ天使だ。誰が何と言おうと、天使に間違いない」

ところが、そのうち赤ん坊が身動きを始め、顔をくしゃくしゃとゆがめる。お目覚めである。

私は今でも目覚めたあと、寝たふりをして寝床にもぐっているのがすきだ。しかし赤ん坊というのは、そんな心の余裕がないらしい。顔がくしゃくしゃになると同時に、顔全体がみるみる真っ赤になり、その口から途方もない声をしぼり出して泣き出す。そうなると、もはや天使どころではなく、途方もない生き物に変身する。おっぱいを持たぬ父親にとっては、どうにも手がつけられぬ存在になる。妻がそばにいないとき、私は仕方なくオムツを替えたり、抱いてやったりするが、それくらいのことで泣きやみはしない。赤ん坊は三時間ごとに泣いた。その間隔は時計で計ったように正確で、目覚まし時計をかけているようだった。

何より困ったことは、その昔は医学校で習ったので小児科の知識も持っていたはずなのに、わが子が生まれた瞬間にすべて忘れてしまったことである。

赤ん坊がシャックリをすると、婦人雑誌の付録についていた育児百科を開き、「赤ちゃんのシャックリは普通のことです」とあるのを読んで安心し、授乳のあとに乳をビュッと吐き出したときは、「赤ちゃんの胃はトックリのようなものなので、ときたま吐乳するのは差し支えない」と書いてあるのにホッとしたものだ。

当時、私はまだ兄の医院に手伝いに行っていたので現役の医者だったが、妻の目には何とも頼りなく見えたことだろう。しかし、医者といっても産婦人科や小児科でなかったら、赤ん坊を見る機会などない。

私がまだ独身だったとき、友人の医者が、フランス人の奥さんに子どもが生まれるという。ハーフというのは可愛い子が多いから、私はこう言った。

「女の子だったら、嫁にもらってやってもいいぞ」

友人は即座に答えた。

「だれが、おまえなんぞにやるものか！」

ところが、本当に女の子が生まれてみると、その頭はひどくデコボコしていた。たんなる産瘤に過ぎなかったのだが、友人は仰天して私に電話をしてきた。

「きみ、女の子だった。嫁にくれてやってもいい！」

まもなく産瘤が引っ込み、赤ん坊の頭が平常に戻ると、彼はたちまち前言をひるがえした。

「やっぱり、お前にはやらぬことにした。とんでもない話だ！」

別の友人の医者は、わが子の育て方の参考にしようと、欧米でよく読まれている育児書を読んでいたら、こんなことが書いてあった。

「男子は、半歳から一歳までの間に割礼をするのが望ましい」

ギョッとしてよく読んでみると、その著者はユダヤ系の医者だったという。

妻が運転する車

子どもが生まれると、妻が赤ん坊の検診で病院に行くのに電車では大変だろうと車を買った。妻は結婚前、父に内緒で車の運転を練習していた。が、あるときそれが見つかって「車の運転は危ないからいけない」と叱られて、ハンドルに触れることさえ禁止されてしまったからだ。

私は頑迷な義父に比べて開明的だから、結婚するとすぐ妻に免許を取るようにすすめた。そのうち車を買おうと思っていたので、妻が運転手をつとめてくれれば便利だと思ったことも確かだったが。

買った車は、手軽そうで気に入っていた日野自動車のコンテッサだった。ところが欲しい色を注文すると長い間待たされるというので、いちばん早く納車できるというサーモンピンクがかった明るいベージュ色になった。かなり派手な色で、運転していると道端で手をあげる人がよくいた。当時のタクシーに、それに似た色が多かったからだ。

車を買いたてのころは、妻の運転の練習によくつきあった。私がうしろの座席から身を乗り出して、「信号が黄色になった。はい停まって」「次の交差点で右折するから車線を変えて」などと自動車学校の教官のように教えていた。妻は最初のころは神妙に聞いていたが、そのうち慣れてくると、私のことをうるさがって「そういうのをバックシート・ドライバーというのよ」と文句を言い出した。なるほど、女は子どもができると強くなるものである。

東京にもまだ車が少ない時代だった。新宿に飲みに行くのに車で行ったこともある。帰りも車だから酔払い運転である。あるとき泥酔して中央分離帯のグリーンベルトに乗り上げ、おまけにヤクザものにからまれてお金を巻き上げられてしまった。そのうえ嫌がらせでガソリンタンクに砂を入れられて、すっかり調子がくるってエンジンのかかりが悪くなったり、よくエンストをするようになった。

その車で毎夏、軽井沢に行った。独身時代も医局では交代で夏休みをとって軽井沢に行っていたが、民家の六畳間を借りて二週間ほど過ごしていた。結婚してからは、二間がついている貸し別荘を借りて過ごした。当時は夏の軽井沢といっても、いまのような賑わいはなく、駅前も人通りが少なく、商店が何軒か並んでいるだけだった。

最近、そのころを思い出して、妻と話したことがある。

「あのころの軽井沢は静かだったね。いまみたいにレストランなんかもなかったし。いったい何を食べていたんだろう」

「サケ缶を開けて、キャベツを炒めるくらいだったわ。たまにお肉屋さんでトンカツを揚げてもらうと、それがご馳走だったの」

「そうだったね。ぜんぜん贅沢をしなかった。でも楽しい夏だったね」

「いつか阿川（弘之）さんのお宅にうかがったとき、あなたがすごいデコボコ道をトップ・ギアで運転するものだから、私は頭を天井にぶつけるし、怖かったわ。でも阿川家のカレーライスはとてもおいしかったわね」

そういえば、運転の腕をあげた妻は、軽井沢の帰りには「あなたは乱暴だから運転しないでください」と言って私に娘を押し付け、自分で運転した。女は結婚して時間がたつにつれて強くなるものだ。

作家仲間に鍛えられた妻

別荘の話ではこんなことがあった。まだ貸し別荘を借りていたころ、遠藤周作さんから電話があった。

「おれもいま軽井沢の別荘にいるけど、土地は六千坪、部屋数は無数といってよいほどある。後学のために、いっぺん見に来たまえ」

妻と二人で教えられた住所を尋ね当てると、たしかに大きな建物だったけれど、それは休院中の病院だった。何かのツテで持ち主から夏の間だけ借りて、遠藤さん一家が暮らしていた。

そのころになると、妻は遠藤さんの言動に慣れてきたから、「六千坪とおっしゃっていたけど、どうでしょうか」と大ボラにも驚くことはなかった。病院だから、たしかに病室はいくつもあったが。

それでも遠藤さんは威勢がよかった。

「きみはどこにいるんだ。ああ、あのマッチ箱のような家か。おれんところは、バスもトイレも二つずつあるから、いつでも使ってくれ」

さらに、

「おれの息子は金貨をジャラジャラさせて遊んでおるぞ。一枚くらい恵んでもらえるかもしれないから、頼んでみなさい」

と言うので行ってみると、まだ幼い息子の龍之介くんの周りには金貨が散らばっている。が、よく見ると金色の紙に包まれた金貨型のチョコレートだった。

そのとき、ウイスキーをご馳走になったのは確かだが、食事はいただかなかったし、たしかジョニー・ウォーカーを持って訪問したはずだ。ところが、遠藤さんは私をネタにして概略次のようなエッセイを書いた。

「北杜夫は軽井沢の私の別荘に毎日のようにやって来て、『うまそうなものを食ってますな』と食事を催促し、飯を盛ってやると、『もっと盛れ、もっと盛れ』と言う。彼は『キタモリオ（北杜夫）ではなくメシモレオ（飯盛れお）だ。さすがのワシも恐慌をきたして、息子を張り番に立たせた。すると、息子が息せき切って駆け戻って、『北さん来たよ、北さん来たよ』と騒ぎ出す。毎日のように飯を食っていくが、そのお礼にキュウリ三本しか置いていかない」

キュウリ三本を除いて、全部ウソである。キュウリ三本というのは、遠藤さんを訪ねたときに女房が東京へ帰ったあと残っていたのを手土産代わりに置いてきたものだ。

遠藤さんがそんなことを書きたてたものだから、私の読者が手紙で「北さんがそんなにケチな人とは知りませんでした」と書いてきた。

その後、ウイスキーだってかなり持っていったはずだ。しかしそのことを遠藤さんはけっして書いてくれなかった。

作家や編集者には奇人変人が多いが、私の周囲では遠藤周作さんが筆頭だった。その遠藤さんはやがて軽井沢に自分の別荘を建てると、毎夏、遠藤パーティを何回も開いた。作家、編集者だけでなく、俳優や女優、慶応の学生や女子大生なども集まり、私たち夫婦もたびたび訪れた。

サラリーマン家庭で育った妻は、結婚当初は作家の生活に面食らったことだろう。が、こうした人たちとの交流を重ねて物書きの世界に馴染んでいった。大人しかった妻が冗談を切り返すようになり、私はひそかに喜んでいたのも束の間で、やがて私に向かって猛々しく叱り飛ばすようになったのだが。

世間では「夫の親友は妻にとって悪友」というが、やはり友人たちと家族ぐるみの付き合いをしてこそ、夫婦も息が合うようになるのだろう。そして、その後、なぜか九月に躁病が始まることが多く、わが家でも、友人たちも、「魔の九月」と呼ぶようになった。おそらく夏の間、軽井沢でたっぷりエネルギーを吸収して蓄積していったものと思われる。

『楡家の人びと』執筆のころ

前年の八月から執筆を始めていた『楡家の人びと』は、この年（昭和三十七年）の一月から「新潮」で連載を開始していた。

私は夜型人間で、夕食後にしばらく寝ころがって阪神タイガースの野球中継をラジオで聴き、試合が終わってから書きはじめるのが習慣だった。夜中、みなが寝静まった中で、一語ずつ言葉を吟味しながら原稿用紙のマス目を埋めていくと、小説の人物たちが生命を吹き込まれて眼前に浮かび上がってきた。

祖父が建てた青山脳病科病院を舞台に大正から昭和の時代を生きた齋藤家一族の時代絵巻は書きつぐほどに枝葉を広げていった。思うように書けたので満足して書斎の窓から外を見ると、いつの間にか夜が白みはじめていた。疲れ切っていたが、満足感で充実していた。

それから寝室に行って横になるのだが、仕事の余韻で興奮しているのでなかなか寝付けない。文章をあれこれ思い出し、あの形容詞はこう直したほうがいいと気がつく。するとガバッとはね起きて書斎まで戻り、前後の文章も関係してくるので何行か書き直すこともしばしばだった。

『楡家の人びと』は三部構成で原稿用紙で千五百枚というかなりの長編になったが、第一部の連載を終えてすぐに第二部を始めようとしたものの、なかなかとりかかることができなかった。そこで思い切って三島由紀夫さんに相談することにした。

前にも触れたように、三島さんは私と年齢はそう違わないものの、文学的にはあまりに大先輩だったので、こちらから何かを頼むということはなかった。しかし、第一部を連載していたとき、三島さんから一通のハガキをいただいた。それにはこう書かれていた。

「桃子といふ少女は、何といふ可愛い、魅力のある少女でせう。小生はこの子が可愛くてたまらず、どうか彼女が将来不幸にならぬやうにと祈らずにはゐられない」

桃子というのは、二人の姉が美しくツンとすましているのに比べて、器量は良くないけれど明るく無邪気な少女というキャラクターである。三島さんという作家が、こうした少女を手放しで礼賛するのは意外だったが、そんなこともあって長編小説の書き方を教えてもらうことにした。

三島さんは自宅に招いてくださり、いろいろ丁寧に長編執筆の体験談をしていただいた。印象に残っているのは、長い間には必ず波があるから、ひどいスランプのときには思い切って完全に仕事から離れ、半月なり一ヵ月なり遊んでしまえ、という話である。このご教示を生かして、書きあぐねたときは旅行して気分転換を図ることができた。

のちに『楡家の人びと』を単行本として出版するとき、三島さんから貴重な推薦文をいただいた。三島さんは推薦文のうまい人だが、これはとりわけ極上のものだった。「戦後に書かれたもつとも重要な小説の一つである。（中略）これこそ小説なのだ！」という見事な推薦文のために本も売れた。

兄の医院には引き続き週のうち一日診療に通った。しかし、私は夜中から明け方にかけて書く夜型人間なので、診療のある前日は早く寝なくてはならず、診療した日はクタクタに疲れて帰ってくるので執筆できず、このため週に二日はつぶれた。ようやく兄の医院から解放されたのは昭和四十年末になってからだ。

この頃を振り返ると、私の関心はもっぱら作品に向いていて、家庭のことはほとんど顧みなかった。育児に追われている妻は孤独で寂しかったろう。

だいぶあとになって聞いた話だが、娘がまだ二歳ころに、「みんなたち」と名付けた人形が全部そろわないとなかなか寝ようとはしなかった。「ノンノンちゃん」というウサギのぬいぐるみ、「ベアちゃん」というクマのぬいぐるみなどだが、昼間あちこちに投げ捨てられているので、五つを探すのが大変だった。「みんなたち」がそろわないと、娘は「ノンノンちゃん」と言う。妻がウサギのぬいぐるみを探してくると、さらに「ベアちゃん」と不満そうに言う。慌てて妻が探して持ってくる。ようやく「みんなたち」がベビーベッドに集まると、娘は満足そうに指をチュウチュウしゃぶりながら眠りについたという。

可愛い盛りだったろうが、私にはそのころの娘の記憶があまりない。ときたま水筒を持って家の近くの空き地に行き、「お山」と称した盛り土に登って遊んだくらいだろうか。

しかし、娘が小学三年生のときのことはよく覚えている。学校から帰ってくるなり、

「パパの職業が、『その他』じゃいやだ」

と言うのである。何のことかと訊いてみると、社会科の時間に、生徒たちの父親の職業の統計をとったらしい。「会社員」「お店」「先生」などの項目があったが、クラスの子の父親のうち、二名がいずれにも当てはまらず、「その他」に入れられた。ところが、もう一人の父親の職業を先生がよく尋ねてみると、どれかの項目に該当することがわかった。それで「その他」が私一人だけになってしまったというのである。

もちろん娘は、私が作家ということを知っていたが、「その他」に入れられるようでは、まともな職業ではないと思ったようだ。作家がまともな職業ではないのは事実だけれど。

悲しそうなようすの娘をなだめようと妻が、

「その他といっても、べつに悪いことじゃないのよ。泥棒、なんていうのよりいいでしょう」

と言うと、娘は口をとがらせて答えた。

「泥棒のほうがカッコいいよ！」

泥棒の家庭はどうか知らないが、サラリーマンの家庭なら日曜日に家族そろって遊園地

に行ったり、お弁当を持ってピクニックに行ったりするのだろうが、私はそのような家庭サービスを一度もしたことがない。娘も寂しかっただろう。

妻はサラリーマンの家庭で育ったから私のペースがつかめず、仕事の邪魔をしないように距離をとっていたようだ。前にも書いたように、坂口安吾の写真を目にし、太宰治の伝記を読んで、作家の妻にはなるまいと思ったくらいである。おおよそ作家という人種は、自分には理解不能だとあきらめていた節さえある。

文学的な教養も中途半端だった。結婚して間もないころ、仕事の参考に「南方熊楠」の本を買ってきたら、妻は驚いて訊いた。

「こんどは南のクマの研究をなさるんですか」

私がどこかに行って、「南方熊」とかいうクマを探す探検の旅に出るのかと思ったそうだ。

しかし、私に欠けている常識や世間知を妻は持ち合わせていた。

まだ小さい娘を人に預けて、香港、マカオ、台北を妻と二人で旅行したことがある。香港まで行くのに「ラオス」という船に乗った。この船はヨーロッパまで就航していて、昔の留学生はみなこれに乗って行き来をした。その「ラオス」がもうじき就航をやめるというので、それに乗ることにした。

私たちは三等船客で、割り当てられた船室に行ったら二段ベッドで、ベッドには毛布も枕もなかった。これは変なので、私がボーイを呼んでこようとしたら、妻は「毛布や枕がないはずはない」と言って、確信ありげにベッドを調べはじめた。すると、軍隊式にシーツでピッタリおおわれていて、それをはがすと毛布と枕が出てきた。

私たちは東京から乗ったのだが、前の晩に神戸から乗った三等船室の青年たちは毛布と枕を発見できずにバスタオルをかけて寝ていた。それでも冷房がきいているので寒くて、荷物からシャツを引っぱり出して着込んだ人もいたという。妻のおかげで彼らもその晩から寒い思いをせずにすみ、そのときは妻が頼もしく見えた。

初めての躁病で妻は実家に避難

あとになって妻が言うには、ある数年間は私が椅子にすわったままボンヤリと庭を眺めることが多かったという。山や自然の風景は好きでも、庭の草花には興味がない私が、そうしていつまでも動かないので、次の仕事のことを考えているのだろうと、妻はそのときは思ったそうだ。

私は若いころは分裂気質が目立っていた。小さいころからやたらと妄想癖があったし、旧制高校時代はぼんやりしていると、自分でも気づかぬまま「神よ」とか「助けて」と口走っていた。精神科医の修業をつんで自分を診断してみると、だんぜん分裂気質であった。それが高じれば精神分裂病である。父の茂吉は分裂病とまでは言えないが、かなり激しい分裂気質だったと思う。その血が流れている私もまた分裂気質であることを疑わなかった。

ところが、三十歳代の終わりになって私を襲ったのは躁鬱病だった。縁側に立ってボンヤリしていたのは気が沈む鬱状態で、いわば次の躁状態に移行するための助走期間だったようだ。

昭和四十一年の四月、私は突然、躁状態になった。躁状態をひと言でいえば並外れて活動的な状態になることで、その通り私は急に家を増築したり、株を次々に買ったり、思いつくと即座に遠隔地にも取材に行ったり、長編書き下ろしにそなえて体力をつけようとランニングまで始めた。

こう書くとエネルギーに満ちあふれて元気いっぱいで、好ましい印象を与えるかもしれないが、パーティで会った女流作家に「あなたのストリップが見たい！」と口走ったり、若い女性であれば誰でも「きみを囲ってやる！」と口説いたり、飲みに行けばホステスに

「ゴーカンするぞォー！」と叫んだ。私としてはそんなことを言うつもりはなくても、口が勝手に動いてしまうのである。

仕事のほうは、前年に日本のカラコルム登頂に挑戦して失敗した山岳隊に医師として参加した体験をもとにした長編書き下ろし『白きたおやかな峰』を猛スピードで書き上げてしまった。しかし、躁状態だから推敲する間もなく手が勝手に動いて書き進み、それが災いして失敗作になってしまった。

しかし、躁状態は他人との人間関係や仕事だけでなく、妻との関係にもあらわれた。穏やかに静かに暮らしていたのが、ある日を境に常人の五倍くらいのスピードで頭が回転し、次から次にやりたいことが思い浮かぶ。たとえば、妻に郵便物を出しておいてくれと言ったのに、三十分たってもそのままにしてあると、

「バカ！　なんでオレサマに言われたことをすぐやらないんだ。ぐずぐずするな。何をしていやがるんだ。早くやってくれ。このノロマ！」

と、すごい剣幕で怒鳴った。

日頃はかなり丁寧な言葉遣いをする私が、躁病になって口汚くなったのである。

夜中に仕事をしていると、妻に対して言いたいことがムラムラ湧き起こってくる。さすがに寝ている妻をたたき起こすことまではしなかったが、チラシ広告の裏や大きな新聞紙

に思いついたことをマジックで書きなぐって食堂のテーブルにおいた。

ある夜、テレビで『武器よさらば』というヘミングウェイ原作の映画を見て、看護婦が負傷兵に心を尽くして介抱しているのに感動し、それにくらべて眠っている妻に腹が立って書きなぐった。

「『武器よさらば』の看護婦はケガ人をやさしく介抱しているのに、テメエはなんだ。オレは夕べ、蚊に刺されて苦しんだのに、何もしてくれなかったじゃないか！　グーグー、寝てばかりいやがって！」

言うことがメチャメチャだが、考えるより先に手が勝手に動いてしまうのだから仕方がない。

妻の顔を見れば「バカヤロウ！」と怒鳴って叱りとばし、言いがかりをつけて難詰する。妻が言い訳をすれば、私の怒りはさらに高まり、いっそう怒鳴り声は大きくなった。妻ははじめての私の変貌に何が起こったのかわからず、オロオロするばかりであった。丁寧な言葉遣いをする私はどこかへ行ってしまっていた。

一つだけ弁解させてもらえば、どれほど激怒しても、私は妻に手を上げたことはない。しかし、肉体的な暴力にもまさる言葉の暴力は、妻をおびえさせた。

それは娘が小学一年生の秋ごろだったが、私の狂気にたまりかねた妻は娘を連れて、電車で三十分ばかり離れたところにある実家に逃げてしまった。娘は公立の小学校でありながら、親の躁病の騒動のため、電車通学をさせられたのである。

家にはお手伝いさんがいたので、私の食事など身の回りのことは何とかなった。こういう状態で、猛スピードで原稿を書き、家の近所をランニングで走り回り、あちこち電話をかけまくっていたのである。

ところが半年ほどすると、躁病のエネルギーが次第に低下しはじめて、こんどは一転して鬱病になってしまった。何もやる気が起こらず、夕方まで布団にくるまって寝ている。一日中、パジャマでゴロゴロする日ばかりがつづいた。気分がひどく沈んで何ごとにも興味や関心が持てない。思考力や集中力も落ちて、上の空で人の話を聞いている。

私の初めての新聞連載小説が始まっていたので、毎日、締め切りに遅れないように書くのが精一杯だった。並みの鬱病患者なら小説を書くどころではないのだろうが、締め切りだけはきちんと守った。正気に戻ってから読み直したら、ひどい出来であった。

私がすっかり鬱状態になったので、人を怒鳴る気力もない。それで妻も治ったと安心したのか、半年ぶりに戻ってきてくれた。しかし、私のヘンテコリンな気質をまだ理解していなかったのである。

「文学は男子一生の業にあらず」

鬱状態になると、奈落の底に落ち込んだような絶望に取り付かれる。外界にはすっかり興味を失い、明かりと希望が消え、悲観的な気分が大波のように押し寄せてくる。だから自殺する人も少なくない。私の場合は幸いなことに、これまで大小いくたの鬱病を経験してきたが、本当に自殺をしたいと思ったことはない。しかし、死ぬほどつらい思いをしてきた。それは体験した当人にしかわからないことである。

このときの鬱状態は一年ほど続いたが、それを脱するとこんどは躁病の波が押し寄せてきた。半死半生だったのが、一転してスーパーマンのごとき全能感にとらわれたのである。すると書斎にこもって原稿を書いていられない気持ちになり、転身を決意して宣言した。

「文学は男子一生の業にあらず」

作家をやめて実業家を目指したのである。思いついたら誰かに教えたくてたまらない。そこで日ごろから大言壮語してはばからない狐狸庵先生こと遠藤周作さんに電話をして言った。

「ぼくは実業家になってやりますぞ！」

あろうことか遠藤さんは、

「きみ、何ゆうとるんだ。失業家だって⁉」

と、てんで相手にしてくれない。

そこで実績をつくろうと思いついたのが「石の缶詰」だった。それより前に、アラスカで「空気の缶詰」をつくった人がいて、たいそう話題になったことを思い出したからだ。空気の代わりに日本の美しい石を缶詰にして輸出するのである。それで外貨を稼げば、日本経済にも貢献する。

缶詰を開けると、青や緑、赤や白い石が光り輝いている。私はこれを「ストーン計画」と名付けて、会う人ごとに吹聴して回ったのだが、「そんな重いものを誰が買って帰るんですか」などとたしなめられ、それも一理あると思って考え直し、今度は「死海の水の缶詰」の計画を練った。

イスラエルにある死海は塩分濃度がひじょうに濃くて比重が高いから、人が浸かるとぽっかりと浮いてしまう。どんなカナヅチでも溺れる心配はない。それが売り出されたら、珍しいもの好きの日本人なら飛びつくだろう。それも、死海の水を眺めたり舐めたりするだけではもの足りず、風呂桶いっぱいにして浮かんでみたくなるに決まっている。それなら缶詰がたくさん売れるという計算である。

もっとも、イスラエルから死海の水を本当に運んできたら相当な経費がかかるので、濃い塩水をつくって「死海の水」と宣伝するつもりだったから、ほとんど詐欺師である。

まともな精神の持ち主なら、そんなバカバカしいことは一笑にふすだろうが、なにしろ当時の私は躁病である。とんでもないことを次から次と思いつく。これを精神医学で「意想奔逸」という。思いついたことを実行してみれば、たいていは実現不可能なので、現実の壁にぶつかって考えを改めるかもしれないが、思いつきを実行する前に別の考えに取りつかれるから、たいていは計画倒れで終わってしまう。

そのうち鬱状態におちいり、このときの私も、実際に缶詰工場をつくる前に躁病のエネルギーが切れてしまった。

「妻」ではなく「婦長」さん

躁鬱病はその後もたびたび繰り返された。鬱状態のときは絶望的な気分におちいって一人で苦しむだけだから、周囲にはあまり迷惑をかけていない。ところが、躁状態になると、自分では気宇壮大になり、尋常ではないことを思いつき、攻撃的になることも多いから、周囲ははなはだ迷惑する。

妻は、

「いつもは、あんなに穏やかでとてもやさしい人なのに、何がパパをこうさせるんでしょう」

と涙ぐんだ。

しかし、こちらとて、ろくに眠らずにいろいろなことに忙しかったから、妻の気持ちなど知ったことではない。とにかく自分のことに必死であった。株やら、ひらめきやらで、死に物狂いの日々だったのである。

たとえてみれば、酒飲みが酔っ払って騒いでいるのが躁状態で、酒が切れてひどい二日酔いに苦しんでいるのが鬱状態のようなものである。酒を飲まなければ酩酊したり二日酔いになることはないが、躁鬱病は立派な精神病なので避けることができない。多くの人は誤解しているが、本人だって何も好きで騒いだり落ち込んでいるわけではないのである。

私が躁鬱病を発症した最初のうちこそ、妻は驚き怖がって、娘を連れて実家に逃げ戻ったものの、そのあとは私が躁病状態になってもデンと腰を落ち着けて、少々のことでは動じなくなっていた。

そのころ、はじめてわが家に来たお手伝いさんが、家族で食事をしているときに、何かのことで私が「この大バカが！」と妻を怒鳴り始めたので驚いた。ところが、妻も娘も何事もなかったかのように平然と食事を続けているのを見て、もっと驚いたという。

彼女はあとでこう言った。

「気難しそうな旦那さまですが、奥さまもお嬢さまも平然としていらっしゃるのを見て、それなら私も何とかやっていけると思いました」

妻がそんな私に辛抱できたのは、母の感化もあったようだ。

前にも書いたが、家庭の中で暴君だった父の茂吉と、明治生まれの女性の割に気が強い母の輝子は相性が悪かった。一時別居したものの離婚に至らなかったのは、母の父、私からすれば祖父の紀一に、こういって諭されたからだという。

「茂吉はたしかに異常な男だ。しかし、いずれ後世に名を残す男だ。医学は短いけど、文学は長い。お前は茂吉の妻になったんじゃなくて、〝看護婦〟になったと思え。そうすればうまくいく」

そのころ、茂吉は第一歌集の『赤光』を出していたが、まだ評価は固まっていなかった。祖父がどれほど短歌をわかっていたか知らないが、父の力量を認めていたので、そう言って娘を諭したのである。

あるとき、妻の喜美子が私のいる前で母の輝子に、私が暴力こそふるわないものの、妻に対して、いかにひどいか訴えたことがあった。そこで母は、父親の紀一から、妻ではなく看護婦になったと思えと諭されたこと、だから「喜美子、あなたは看護婦になったつもりでやってちょうだい」と語って聞かせたのである。

それを聞いて私は喜んだが、このころになると相当に肝がすわってきた喜美子は、あとで私に言った。

「お母さまのおっしゃる通り、私は看護婦さんになります。ですけど、わが家の看護婦さんは一人しかいませんから、私は婦長さんです。婦長さんというのは偉いものなのよ。ですから、あなたも覚悟して私の言うことを聞いてくださいい！」

口の減らない女である。このときばかりは、父の茂吉を羨ましく思った。

NASAに追い出された「月乞食」

躁病になると、尋常ならざることを次々と思いつき、そのうちのいくつかを実現しようと奇行に走るが、人によって表れ方は違う。

よくあるのが浪費癖である。ふだんはつつましい生活をしているのに、躁病になると億万長者になった気になり、次から次に高価な買い物をする。ある資産家の場合、家族が本人の行状を知っているからお金を持たせないのだが、デパートにツケが利くので大量に買い漁り、それらの品物が家に届けられるにおよび、家族はデパートに対して、当人にはいっさい売らないでくれと申し入れたそうだ。これでは、まるで禁治産者である。

私も似たようなもので、最近では躁病であるとないとにかかわらず、妻はめったにお金を持たせてくれない。おかげで好きな馬券さえ買えなかった。

それでも買い物衝動はやまず、テレビ・ショッピングに飛びついたりする。あるときは、広沢虎造の浪曲のテープ十数巻のセットを買った。私は音痴で歌はさっぱりダメだが、浪曲だけは高校生のときから唸っているから年季が入っている。妻の目をかすめて電話で注文した。代金は着払いである。

妻が受け取りに出て代金を払ってくれたが、真相がわかると笑い出した。

「お仕事で使う大事なものかと思って払いましたけど、もうやめてくださいね」

それからしばらくして、やはりテレビ・ショッピングで見たマッサージ椅子を欲しくなり、さっそく電話した。

配達されてきた大きくて高価なマッサージ椅子を見た妻は、そのまま返品してしまった。しかし、この程度の浪費癖なら可愛いものである。

人類がはじめて月に降り立った昭和四十四年のことだから、私が四十歳を少し過ぎたころである。それまでは躁病状態になっても、身内に大言壮語をする程度だったが、いよいよそれではおさまらなくなってきた。

その年、朝日新聞社の依頼で月ロケット打ち上げの取材でアメリカに派遣されたのだが、そこに躁病の波が重なってしまった。

そこで思いついたのが「月乞食」である。この話は私の何回にも及ぶ躁状態の中でも特筆すべき行状で、あちこちに繰り返し書いたので詳しいことは省くが、自ら「かぐや姫の子孫」としてアポロ一一号を打ち上げるケープ・ケネディに乗り込んだのである。

出発前にやおら思いついたので慌ただしかったが、日本で乞食用の和服を買い込み、英語のパンフレットをつくった。店では、和服は誂えるものだと言われたが、出来上がるのを待っていたら間に合わないので、展示してあるのを買った。

パンフレットには次のようなことを書いて印刷した。

「日本には月からやって来たかぐや姫という美しい女性の伝説がある。この女性は月へ帰ってしまったが、その子孫は残り、彼らはずっと働かずに乞食として高貴な生活を送ってきた。そしてこの私は、現在、地上に存在する唯一のかぐや姫の子孫であり、日本人なら誰でも知っている著名人である。人間が月に達しようとするいま、私はこのアメリカに高貴な乞食としてやって来た。私のサインは日本なら何百ドルもするのに人々は争って買うが、今回はたった一ドルでよい。私が死ねばその価値は上がるだろう。ただし、私は月の人の言葉以外は、よほど嬉しいことがないと話さない云々……」

アポロの打ち上げを見に来た数万の人々は、むらがり争って私のサインを買い求め、私は巨額の外貨を手にするはずだ、と躁の私は考えたのである。

ところが、アポロ打ち上げの当日、ケープ・ケネディで和服を着てパンフレットを配り始めると、NASAの職員が飛んできて追い払われてしまった。

アメリカ人のくせにユーモアを解さぬのは怪しからぬことだが、月ロケットの打ち上げをめぐっては、それだけの予算を国内の貧困解決に回せという抗議運動が一部にあって、NASAが神経過敏になっていたためだとあとで知った。とんだとばっちりを食ったわけだが、こちらも尋常ではないから、それほど文句を言えるわけはない。結局、誰かがパンフレット代として十五セント恵んでくれただけで、「月乞食」は大赤字で終わった。

躁病が昂じて株にのめり込む

四十代の後半になると躁病はますます昂じて、ついに株に熱中し始めた。株を始めたきっかけは、映画をつくりたいと思ったからだ。アメリカの娯楽映画『チキチキバンバン』を観てすっかり触発され、こんな本格的な娯楽映画をつくろうと思ったのである。

娯楽映画といっても本格的につくるとなると金がいる。たとえば『チキチキバンバン』で、目覚し時計がなると卵が機械仕掛けの中をコロコロ転がって沸き立った湯の中に入り、自動的にゆで卵ができるという場面がある。細部まで手を抜かずにつくるとなると、かなりの制作費がいる。株でその金をつくろうと考えたのである。最初の目論見では、それまでの蓄えを株で三倍にすれば映画の制作資金は十分なはずだった。

振り返ってみると、経験もないのに映画をつくろうと考えたのは、躁病に特有の思い付きであったが、その資金を株で稼げると安易に考えたのも躁病患者にありがちな楽観主義だった。

株をやろうと思い立ったら、さっそく日経新聞など六紙をとり、あるかぎりの株の雑誌を買い込んで株の勉強を始めた。躁病になると通常の五倍も十倍ものスピードで頭が回転する。たちまち株の極意を悟ったつもりになって、証券会社に口座を開設して、値上がりしそうな株を次々に買いこんだ。

当時の私は小金持ちといっていい身分であった。何年も前から計画していた南米移民の長編取材にしても、何ヵ月でも、何回でも行くのは容易なことだし、ファーストクラスに乗っても金のことは心配しなくてもよい預金があった。ようするに、軍資金はたっぷりあった。

ところが、勢い込んで私が株を買い出すと、なぜかダウ（日経平均株価）が下がり始めた。五日間も暴落をつづけ、私が買った優良株はすべて安くなってしまった。

ダウは下がる一方だが、玄人筋が売買する仕手株だけは上がっているようだ。そこで私は思い切った作戦に出て、値下がりした優良株をすべて売り払って、仕手株に乗り換えたのである。するとダウがまだ下がる中で、私の買った仕手株は上がりつづけた。

私は有頂天になり、おれの勘は当たる、おれは株の天才だ、とすっかり自信をもった。

しかし、仕手株というのは危険なものである。上がったり下がったり値動きが激しく、猫の目のように変化することがある。そこで私は朝九時から始まる株式の短波放送をずっと聞くようになった。ラジオは刻々と市況を伝えてくれる。ある銘柄が値上がりしていると、もう値上がりが期待できなくなった株を売り払って乗り換えた。証券会社に電話を入れて、売り買いの注文を出すのである。

こうして一日に十回も二十回も売買を繰り返すのだから、午後三時に株式市場が終わったあとはクタクタになった。このころ、妻もお手伝いさんもきちんと昼食をとったことがなく、三時が過ぎるとヘタヘタと座り込んだという。

買いの注文を出したら、証券会社には四日後に代金を支払うことになっている。売れば逆に代金が入ってくるのだから、売り買いを相殺してくれるのだが、それでも不足分があれば支払わなくてはならない。ある日、計算してみると、支払いに四百九十万円足りないことがわかった。

それでも私は平然としていた。列島改造ブームのころで、世田谷の自宅は相当に値上がりしていた。土地と家を担保に入れれば、何千万円でも銀行は貸してくれるだろう。

ところが、妻によると、銀行は融資を断ってきたという。出版社の印税が振り込まれ、付き合いの長い銀行が融資を断るとは何事だ、と怒った私は銀行に電話をかけた。何だかんだと言い訳するばかりでラチがあかないので、最後に、

「もし金を貸さないのなら、お宅との取り引きはやめる」

と息巻いた。まるでゴロツキである。

私の剣幕があまりに激しかったとみえて、支店長があわててとんできて事情を説明してくれた。会社相手に不動産を担保に金を貸すならいいが、個人の家を抵当にとって、それを差し押さえることにでもなれば、銀行は社会的に非難を受ける。しかも、株の資金となると、返済できない可能性があるというのだった。

私がなまじっか作家で虚名があるからヘタなことはできないという計算があったかもしれないが、私は怒り狂った。しかし、いまこうやってふり返ると、もっともな話である。

結局、そのときの四百九十万円は出版社から前借して急場をしのいだ。付き合いの長い出版社は快く貸してくれたが、それが私が泥沼に引きずり込まれる始まりになった。

昼間は株に熱中していたが、夜は仕事をした。もともと夜型の人間なので、明け方まで原稿を書いてから眠り、午過ぎに起き出すのが日課だったが、株を始めてからは午前九時の取り引き開始までに起きるようになっていた。当然、寝不足になった。

株式市場は乱調がつづき、目が離せなかった。たとえば、帝国石油が値を上げて、「帝石が五円、六円とつけました。さらに七円、七円の売り物があと十万株。八円ができました。ここでフエフキ。帝石四百二十八円でフエフキです……」

といった放送を聞くと、つい興奮して買いを入れた。フエフキというのは、買い物が収拾がつかず、いったん売り買いを停止することである。それほど活発に取り引きされているると何かあると思い、買わないとチャンスを逃した気になる。まるで火事場に駆けつける野次馬である。

奮闘の甲斐なく大きな損を出すと、今度こそ売ったり買ったりするのをやめようと思うのだが、短波放送を聞くとどうしても気がはやり、連日のように銘柄の入れ替えをしてしまう。私は台所に置いてある電話を食堂の机の上に移し、ひっきりなしに電話をかけた。最初、取り引きをする証券会社は一社だけだったが、やがて三社、四社と増えていった。証券会社から入る情報が多いにこしたことはないと思ったからである。

またしても支払いが大幅に足りなくなり、当分は売らぬと決めた株券を担保に銀行から千万円を借りた。それでも足りないので、母に泣きついて七百五十万円を借りた。

お金を持ってきてくれた母は、

「うちには絶対に株をやってはならぬという家訓があります!」

と、くどくどと叱言を言って帰っていった。

出版社からの前借りも次第にふくらんでいった。買った仕手株が上がったときに、それまでの損をかなり取り戻したので、この調子ならトントンくらいに戻せそうだ、うまくいったら黒字にできるかもしれないと妄想を抱いていた。

夜半過ぎて酒を飲んでいると、その妄想はさらにふくらみ、もう手持ちの金はなくなったが、何とか算段して大きな相場をはれば、一気に損失を取り戻して儲けられるという楽天的な思考に傾いていった。

そのとき出版社からの前借りは何社にも及び、合計するとかなりの額になっていた。それでも、まだ信用取引はせず、すべて現物買いをしていた。素人ながら、信用取引はこわいという知識は持っていたからだ。

資金繰りに困って借金を重ねる

私が株を始めたのは、映画づくりの資金を稼ごうと思ったからだが、このころには映画のことなどすっかり忘れて、株の売り買いそのものにのめり込んでいた。それも売り買いに熱中するが、そのあとの清算のほうまで頭が回らないから始末が悪い。おもちゃを手当たり次第に引っ張り出して遊ぶばかりで、あと片付けを考えない子どものようなものである。

計算を間違って証券会社への支払いが足りなくなることがしばしばだった。すでに出版社に借り、母にも借り、ついに友人にも借りることになった。

大口は佐藤愛子さんで、五百万円を借りた。

「一ヵ月後には五百五十にして返す」

と約束したものの、約束の日になっても資金繰りは好転せず、返済を延ばしたばかりか利息まで負けてもらった。

躁病の矛先は株に向かうだけではなかった。本の広告を見ると欲しくなって本屋に大量注文をするようになり、中には復刻本のセットが四十万円というのもあった。ラジオでやっている「百万人の英語」を聞き始めた。英語はさっぱりできないくせに、それを聞いているとみるみる上達してゆくような錯覚を覚えて、ドイツ人と称して英語で友人に電話をして楽しんだ。

株の資金繰りどころか、家計さえ破綻していた。ある日、銀行から電話がかかってきて、電話料金の引き落としができないという。それだけの金額が口座に残っていなかったのである。さらに、中学生になっていた娘が、自分の貯金をママがみんなおろして使ってしまったと私に訴えた。娘の貯金まで手をつけたのは私のせいだが、これほどまでになっていたのか、と私は狼狽した。

私が株で大借財を負ったという話はすでに広まっていて、編集者や友人から、もう株を

やめるように忠告された。懇意にしている出版社の社長には、

「北さんの株は、三島さんの楯の会に似ている。もうおやめなさい」

と言われた。三島由紀夫さんは、その六年前に楯の会の若者たちと市ケ谷の自衛隊に乗り込んで割腹自殺を遂げていた。私の株とはずいぶんかけ離れた発想だが、いずれも死に結びつくと考えたのかもしれない。

長年にわたってつきあいのある編集者が、わざわざ家を訪れて、

「こんなことを申しては失礼ですが、お金は会社でできるだけのことはします。ただ、個人からの借金は、どうかおやめになってください」

と言うほど、私の借金の相手先が広範になっていた。

それでも株をやめないどころか、いよいよ信用取引に手を出すようになった。信用取引は通常三分の一の値段で株が買える。そのため、それまで千株単位の売買注文が万株単位になった。その信用取引を始めてわかったことだが、信用取引で株を買うと翌日に保証金を支払わなければならないが、売った場合は四日後にしか金が入ってこない。そのため以前にもまして金繰りに苦労しなければならなくなった。

お金の借り方も強引で破廉恥なものになった。

妻は家計の窮状を繰り返し訴えていたが、借金には我慢ができなかったようで、

「あなた、恥を知りなさい。人からどう思われているか、私にはわかっています」

となじったが、私は妻の愚痴には慣れっこになっていて、

「男というのは生涯に一度や二度は恥をかくべきだ」

とうそぶいていた。

出版社に前借りの追加を頼んだとき、あいにくと社長がスキーに行っていて留守だと言われた。百万円以上のお金の決済は社長がいないとできないのだそうだ。

「では、スキー場に電話をしてください。どうしようもないんですから」

「社長はおそらくゲレンデに出ているでしょう」

「それならマイクで呼び出してもらってください」

さすがにスキー場の社長に電話はしなかったようだが、担当編集者は支払いの日に小切手を持ってきてくれた。

別の出版社に前借りを頼んだときも、社長が留守で断られたが、

「何十人かの社員がいるんだから、金をかき集めてくれないか」

と、とうてい常識では考えられないことを口にしていた。

妻は泣いたり、なじったり、くどくどと愚痴をこぼしたりした。私が金策に苦労するのは自分のまいた種を摘むのだから仕方がないが、妻は私の尻拭いに駆け回ることが多かっ

た。

株式市場は平日なら午後三時に終了する。ずっとラジオにかじりつき、電話で売り買いの注文を出していた私は取り引きを終えると精根尽きて寝室に戻り、FM放送の静かな音楽を聴きながら、うつらうつらすることが多かった。

一方、妻はそれからが忙しくなる。一つの証券会社から振り込まれた金を、別の証券会社が持っていく。ときには出版社から銀行に振り込まれた金が三時前になっても入金しないことがあり、妻は銀行に行って待っていることもあった。

母から「喜美子さんは看護婦さんでいてくださいね」と申し渡されたが、出納係を務めてくれとは言われていなかった。商社マンの娘で、お金の苦労をしたことがなかった妻が、よく耐えてくれたと思う。

このころのことを後日、妻が思い出して言ったことがある。

「家にお金が一円もなくなって、借金だけがどんどんふくらんでいったでしょ。もうどうにもならないと、かえってサッパリして、借金で気楽に暮らす人の気持ちがよくわかったわ」

芯の強い女である。

ついに私は破産した

本当にお金がなければ食べていくことさえできない。しかし幸いなことに、女性週刊誌で私がホスト役になって対談シリーズを始める仕事が入ってきた。

担当編集者が、どのくらいつづけてもらえるかと訊いた。私は鬱になるとしゃべれなくなるので対談はダメだが、今回の躁は以前に経験したこともない常軌を外れたものだから半年くらいは持つだろうと答えた。担当者は、それでも危ないと考えたらしく、対談のりだめをすることになって、多いときは週に三回も対談した。

有り難いことに、対談料はかなりの額で、しかもキャッシュでもらえた。帰宅して封筒に入った現金を妻に渡すと、妻は手刀を切って受け取った。いくら原稿を書いても、前借りが残っているかぎり原稿料も印税も入ってこなかったから、対談料が唯一の収入だった。

税金を滞納するようになった。前年の税額をもとに、毎月のように予定納税することになっていたが、税金を払う金があったら個人にまで借金はしない。それを知った銀行の支店長が忠告してくれた。

「銀行の金利と税務署の延滞税はそれほど差がありません。ただ延滞税は二ヵ月目から倍になります。税金を支払うためなら、銀行はお貸しします」

それで何とかしのぐことができた。

ある出版社が私の作品集を出したいといってきたので、これで前借りができると喜んで了承した。ところが、そこの社長が家に来て前借りの件を言うと、百万円しか貸してくれない。あと百万円何とかならないかと頼んだが、断られてしまった。

躁病の私は怒りっぽくなっているので、ちょうどその出版社に電話をしている妻に向かって、

「もう一冊しか書かないと言ってくれ。いや、一冊も書かん」

と大声で怒鳴った。

あとで妻は、

「ご自分から約束しておいて、それを書かないとはどういうわけ？　あなたは恥を知らないのですか？」

「おれには初めからそんなものはない。書きたくなくなったから書かないんだ。金は返せばいいんだろう」

「私の言っていることは、そんなことじゃないわ。本当に恥知らずね。あなたという人は」

「男はたまに恥をかかなきゃダメだ。それが俺の持論だ」

「たまにならいいのですけど、あなたは恥のかき通しじゃありませんか。あなたはいまに誰からも見放されますよ」

こうした口論は日常茶飯だった。興奮からさめると妻の言い分のほうが正しいと思うのだが、株でカッカするとそんなことは忘れてしまうのであった。

そんなときでも仕事はしていた。あとで振り返ってみると、決して良い仕事ではなかったが、締め切りだけは守った。さらに私はある人に論戦を吹っかけようと思い、新聞社に電話をして話すと、四百字詰めで七枚の原稿を書いてくれという。私はたちまち書き上げたが、なにしろ躁病の真っ盛りの時期なので、ずいぶんひどい表現を使った。そのため新聞社は原稿を返して寄越した。さらに二つの新聞社に見せたが、二つとも掲載を断ってきた。

そんなときに辻邦生さんから電話があり、遠藤周作さんなどがずいぶん心配している、それでいちばん親しいぼくから話してくれと言われたので電話した。一度会いたい、という話だった。

私は辻さんの家を訪ねて、何も心配する必要はないと言った。株だけやっているわけではないという証拠に、論戦の原稿と、そのころ訳しあげたトーマス・マンの短編の原稿を持っていった。

辻さんはあとで電話をしてきて妻と話したが、妻は、

「このところ主人はいったいどうしたのでしょう。とても怒りっぽくて、たまたまある本を読んだら怒り始め、その原稿を書いたんですよ」

と説明した。

結局、辻さんは私の原稿を読んで、

「やはり、これは発表しないほうがいいんじゃないか」

と言った。

その後、すっかりその原稿のことを忘れていたが、あとで聞くと妻が受け取って隠してしまったという。

株のほうは相変わらず値を下げつづけ、そんな中で憑かれたように連日のように株を売り買いしていたから損害はいっそうふくらみ、手持ち資金はとうになく、もう借金をするあてもなくなった。軽井沢の山小屋を担保に融資を申し込んでも、銀行は応じなかった。

最後に残された道は高利貸しだが、私は出版社や友人に迷惑をかけても、それだけはし

なかった。というのは、昔、父が病院を再建するために高利の金を借り、死ぬほどの苦しみを知っていたからである。

いよいよ金策にも行き詰まり、万事休した。ちょうどそのとき、取材で一ヵ月ほど中南米を回ることになった。その間は株などやっていられない。それが潮時だと思い、私は泣く泣くほとんどの株を手放し、順番に借金を返した。

それからの一ヵ月、メキシコ、コロンビア、ブラジル、ペルーなどを旅して回った。その間は株のことなどすっかり忘れていた。それがよかったのだろう。帰国すると、もう憑き物が落ちたように株に興味を失い、残っていた株もすべて売り払い、他の借金を返した。

幸い、新潮社から私の全集が刊行され、それがかなりの収入になり、いちばんの大口の前借りもいつの間にかなくなった。はじめは生きているうちに全集を出すことに抵抗を感じていたが、こんな事態になってみると有り難かった。そして税金を払うと、私は完全に無一文になっていた。

妻の計算によると、半年ばかりの株狂いのおかげで、損失はかなりの金額にのぼったという。

「あなたがご自分で稼いだお金を何に使おうと、いくら損しようと、あなたの自由ですから、私は反対するつもりはありません。でも、周りの方たちに迷惑をかけるので、それだけが嫌でした」

私の借金の標的にされた人も被害者だが、最大の被害者は妻だったろう。破産の危機によく耐えられたと思い、あとで訊いてみると、

「あのころ、佐藤愛子さんの『戦いすんで日が暮れて』という小説を読んだら、愛子さんは私より悲惨な状況だったのに、それを跳ね返して頑張られたんだとわかったわ。それで私も救われたの」

と言った。

妻は愛子さんを尊敬している。彼女の小説は、前夫が背負った数億円の借金を肩代わりして返済するという奮闘記である。妻の精神的な苦境を救ってくれた愛子さんには感謝している。

五十歳過ぎて立場が逆転する

かつて家のなかでは暴君のように振舞った私だったが、今ではすっかり大人しくなっ

た。クーデターで失脚した政治家、いや、女主人に仕える奴隷のようなものである。

それでも、躁状態になると、昔の癖で妻に向かって、

「お前なんか実家に帰れ！」「出て行け！」

と怒鳴ったりする。しかし、わが家の権力を奪取した妻は、

「私の実家はここよ。よろしかったら、あなたがどうぞ」

と逆襲してくる。私は自分の立場が不利なことも忘れて、

「おれさまはもうカンカンだぞ。もう離婚だ！」

と叫ぶと、妻は平然と言ってのける。

「では家庭裁判所に行きましょう。あなたのほうがだんぜん不利よ。株をでたらめに売り買いして破産しちゃったし、おまけに出版社に大金を前借りして、あちこち借金だらけだったでしょう。私は離婚に大賛成よ。もうあなたにはコリゴリですから。でも、あなたはきっと莫大な慰謝料を取られるわ。そんなお金はないでしょ」

株で破産して以来、妻は通帳も印鑑も隠してしまっているから、私にはいくら預金があるのかさえ知らないけれど、たぶん妻が言うことは正しいのだろう。そんなわけで、私はやむを得ず、いまだに離婚せずにいる。

私と妻の力関係が逆転したのは、私が株で大借金をつくって破産したからだ。幸い、本

の印税で何とか借金を返済することができたが、そのやりくりを一手に引き受けた妻は、私を禁治産者並みに扱うようになった。とにかく、お金を持たせてくれないのである。外出するときには、これこれこういう用事で出かけるのだ、と言って小遣いをもらった。

それが少なかったりすると私は、

「付き合いもあるから、もう少し奮発してくれないか」

と頼むのだが、妻は毅然として、

「あなたにお金を持たせると碌なことがないじゃありませんか。それに家計のやりくりが大変なのよ。それではこれだけね」

と数枚を足すのだった。

それでも私は謀反を試みたことがある。妻が債券を買ったと言っていたので、それを売ってお金に換えようとしたときのことである。妻が出かけるのをみはからって、パジャマの上にシャツを着て上着を羽織り、私は家の近くの銀行の支店に乗り込んだ。そこの貸金庫に債券が隠してあるとふんだからである。

貸金庫係のところへ行って、私の机の引出しにあった鍵と印鑑を差し出すと、銀行員はそれが登録されたものではないと言う。私は、ネクタイもせず、シャツの下からパジャマが覗いている格好だったので、そのような男がどうして貸金庫を持っているのか、銀行員が警戒しているのだろうと思って、恥も外聞もなく言った。

「ぼくは北杜夫という作家です。信用していただいて大丈夫です」

しかし、正しい鍵と印鑑がなければ貸金庫は開けられない。妻はそれらをどこかに隠してしまったのである。

私は、

「家へ帰れば、登録した鍵と印鑑があると思います」

と言って、走るようにして家に戻ってきた。

留守中の妻の部屋の引出しや戸棚を開け、何とか発見しようと空き巣ねらいのように探し回ったが、妻は隠すことにかけて天才のようで、ついに見つからなかった。妻がもし交通事故で死んでしまったら、わが家の債券や預貯金通帳は誰にも発見されないに違いない。

一方、妻は私の知らぬまに自分の服などを買い込んでくる。それらは自室に入りきらず、私が仕事をしている書斎にまで吊り下がっている。押入れの中の資料を探そうとしても、この服に邪魔されて何十分間もの時間を失っているのである。もっとも、いまや私が書斎に行くのは年に二、三回なのだ。

夫婦の間では、やはり財布を握っているほうが強い。夫がどんなに稼いでも、収入を管理しているのが妻ならば、家庭のなかで実権を握っているのは妻である。今のサラリーマン家庭の多くで夫の影が薄いのは、妻が家計をがっちり握っているからだろう。

男が家庭のなかで実権を妻に譲り渡したくなかったら、給料が振り込まれる口座は自分で管理すればいい。そのなかから毎月決まった家計費を妻に渡すのである。もし臨時の出費があれば、妻がその都度、夫にお伺いを立てるようにさせればいい。

もっとも、すでに戦いに敗れて軍門に降った私は、歳とともに元気になる妻に反旗をひるがえすつもりはないが。

第三章　夫婦の戦い

埴谷雄高さんに愛人を勧められる

私は「清純派作家」とみなされているのが嫌で、一度だけポルノまがいの小説を書いて大衆文学雑誌に発表したことがある。清純派というレッテルを貼られるのは作家としての力量が狭いような気がするからだ。もっとも、その作品の副題に「中年となりたることを記念した唯一のエロ小説」とつけたように躁病期特有の勢いにまかせて書いたもので、その手の小説はそれ以降書いていない。

私生活でも清純派だったわけではない。これはもうとっくに妻にばれていることなので書くのだが、私だってふつうの人並みに愛人を持っていたことがある。「作家というのは愛人を持たなくてはダメだ」という持論をお持ちの埴谷雄高さんの薫陶を受けたおかげである。

私だけでなく、埴谷さんのところに出入りしていた作家の幾人かは、埴谷さんの感化のおかげで愛人を持っていた。かたくなに拒んだのは、どこまでも品行方正な辻邦生さんくらいなものであろうか。

もちろん私は当時、愛人のことを妻に内緒にしていた。だから、連絡を取るにも埴谷さんを経由させてもらった。彼女が私に直接電話をかけてくると、たいていは妻が最初に電話を受けるのでわかってしまう。そこで、彼女はまず埴谷さんに電話をして、「北さんからの電話がほしいので、その旨をお伝えください」と伝言を頼む。すると埴谷さんがわが家に電話をかけてきて、電話口に出た妻と挨拶してから私に電話を代わり、彼女からの伝言を伝えてくれるという手順にしていた。埴谷さんを中継基地にしていたのである。

ところが勘のいい妻はそんな小細工はとっくに見破っていたようで、あとになって言った。

「それは、わかりますよ。だって、あなたは埴谷さんから電話があると嬉しそうな顔をして、あわてて二階に電話を切り替えて何やら話しているんですもの」

どうも私は隠し事が下手らしい。ともあれ、度量のある妻が知らぬ顔をしてくれたおかげで、私は彼女とつき合うことができた。

埴谷さんは私たちに愛人を勧めるくらいだから、ご自分にも愛人がいたようだ。あるとき、そのとばっちりを受けそうになったことがある。

何かの用事でモスクワに行っていた埴谷さんが帰国したとき、当時はすべての外国便が発着していた羽田空港から私に電話がかかってきた。

「北くん、すまんけど十万円ほど用立ててもらえないだろうか。これからお宅へ行くから」

埴谷さんは自宅に戻る時間さえないほど火急の用件なのだろうと思った。私は急いで銀行に行ってお金をおろして待っていると、やがて現れた埴谷さんは長旅の疲れも見せず、お元気そうな様子でモスクワの話をしてから別れた。

その晩、ホテルからわが家に変な電話がかかってきた。妻が受けたのだが、

「こちらは○○ホテルですが、齋藤雄高さんのお宅でしょうか。ご予約をいただいているのですが、まだチェックインされていません。いかがなさったのか、確認の電話を差し上げた次第です」

と言うので、妻は「私にはわかりかねます」と応対した。齋藤は私の本名だが、雄高は埴谷さんの名前である。妻はけげんな顔をして電話の件を報告した。

「ホテルを予約したのはあなたなの？　いま、○○ホテルから確認の電話が入っていますけど」

「そりゃあ、埴谷さんのことだよ。しかるべき事情で本名を名乗れず、うちの名前と電話番号を使ったのだろう。オレは無関係だから疑わないでくれ」

私が在宅だったからよかったものの、外出していたら重大な嫌疑がかけられていたに違

いない。人騒がせな埴谷さんである。

妻を怒鳴りたくなるとき

今はもうそんな元気もなくなったが、少し前まではときどき妻と激しい喧嘩をやらかした。もっとも私はただ怒鳴るだけで、結婚以来四十年、妻には手をあげたことはない。だが、怒鳴るのは父の悪い血を受けついだせいか、すさまじい勢いで怒鳴り散らした。

その怒鳴り声があまりにも大きいので、近所の奥さんが妻に言ったことがある。

「ご主人は、相変わらずお元気でいいですね」

ときには、あとで振り返ると自分でも異常だと思うほど、ビリビリと響く雷のような大声を発することもあった。父の常人とは思えぬ激怒ぶりを思い出して、懐かしさとともに、物悲しい気分になった。

そういうことがあったあとはいたく反省して妻にやさしくなり、世の夫の見本とも言うべき態度を取ろうとする。すると、妻は不思議そうな顔をしてこう言う。

「いまはそんなにやさしいのに、怒るとどうしてあんなにすさまじい声が出るのかしら？」

こんなこともあった。私はエリザベス・テーラーが大好きで、仕事に疲れたときなど気分転換にビデオで観ることがある。あるとき『陽のあたる場所』を観た。話の筋は、貧乏青年の職工（モンゴメリー・クリフト）、彼と仲良くなって妊娠した女工、彼と恋におちいる経営者の娘（エリザベス・テーラー）の三角関係である。彼は女工に迫られ、結婚しないと何もかもバラスと脅される。彼はしぶしぶ結婚を約束して、二人で湖のボートに乗るが、事故でボートが転覆し、女が死んでしまう。青年の心の中には、この女が死んでくれたら……という気持ちはあっただろうが、事故は故意ではない。にもかかわらず、青年は恋人殺しの罪で死刑になるのである。

この映画のリズが、あまりにも可憐なので、妻のところに行って、ドア越しに声をかけた。

「喜美子、あの『陽のあたる場所』のリズを覚えているだろう？　なんとも可愛いなあ。あれじゃあ男は、前の恋人を殺したくなる気持ちもわかるね。喜美子もそう思わないか？」

私はもうボケていて、この映画を観るたびに同じことを言っているらしくて、妻は非難がましく言った。

「あなた、またあの映画なの？　私もそう思います。でも、いったい何回観たら気がすむのでしょう。困るわね。私が殺される役？」

「お前を殺すといっても、腕力はお前のほうがずっと強いじゃないか。おれのほうが殺されるに決まっている」

「でも、あなたはのんびりのようでいて、よく頭が回転するから、何とかして私を殺すことを考えているに違いないわ」

実際、妻は私より腕力があるので、私が株を売買しているときに羽交い締めにされ、前後に揺さぶられたことがある。

「お前はまた暴力をふるった。今度、エッセイに書いてやるからな！」

と言うと、妻は決まって答えたものだ。

「あら、これは暴力じゃないわ。愛撫なのよ」

またあるときは、株で言い合いをしていて腹を立てた妻が、ベッドの上に座っていた私を突き転ばしたことがある。

「お前はまた暴力をふるった。なんて凶暴な女なんだ！」

すると妻は平然とすまして言った。

「ぜんぜん暴力じゃないわ。あなたがベッドにダルマさんのように座っているから、ちょっと押すと転ぶのよ。暴力だなんて失礼よ」

私が昔書いた『優しい女房は殺人鬼』というエンターテインメント小説がある。この小説は、小心でノイローゼ気味の童話作家が、妻が自分のことを殺そうとしているのではないかと妄想するのである。いや、妄想とは言い切れないところに、この小説の眼目がある。

この小説はフィクション仕立てではあるが、一部はまったくの私小説なのである。たとえば、冒頭で、肝臓が悪くなってアルコールをいっさい禁じられた主人公が、自分でのこのこ出かけて缶ビールを買って帰り、妻に隠れて飲み、その空き缶十数個を洋服ダンスの中に隠しておいた。そうして主人公が安楽椅子でテレビを見ていると、妻がやってきてその空き缶を発見するや、いきなり夫にのしかかってガウンの衿もとをつかむ。二人の重みで椅子の脚が折れ、夫婦ともども床に倒れたところまで、すべて実話なのである。

断られた「同棲者募集」の告知

いつの間にか妻とは形勢が逆転し、いまでは私は妻に叱られ、なじられ、糾弾されることが多くなった。もちろん、私だって言い返したりするが、口論では妻のほうが達者だから断然かなわない。父の茂吉は、母の輝子が口答えをしようものなら殴り飛ばしたものだが、私は妻に手を上げたことは一度としてないが、いまや妻を叩こうとしても逆襲されてコテンパンにやられるに相違ない。

これは形勢が逆転しかかったころの話である。私は何かで妻に腹を立てて逆上して怒鳴った。

「もうお前とは離婚する。そうでなくとも、すぐ実家に帰れ」

ところが、そういうセリフはもう何度も言っているので、妻はいささかも動じることなく、笑って言い返してきた。

「あなた、この前の躁病のときもそうおっしゃったでしょう。でも、本当に私が出て行かなくて、良かったでしょう。もし、私がいなくなったら、いったいどうなっていたかしら？　もし良かったら実家に帰りましょうか？」

「なに、お前がいなくなったって、おれは平気だ。もう結婚はコリゴリだが、同棲する相手くらいすぐ見つけるぞ」

「あなたみたいに大変な人と暮らす女性って、すぐ見つかるかしら？」

妻があからさまに嘲笑するのが悔しく、その鼻を明かしてやろうと実行することにした。

「週刊新潮」には、作家が探している資料だとか尋ね人などを掲載してくれる「掲示板」というコーナーがある。その欄に次のような投書をしたのである。

「北杜夫。小生、妻と将来別居、あるいは離婚するやも知れません。あらかじめ、その際の同棲者を捜しております。室料など無料。食費も無料。できれば若くて美しい女性、会社員などで出勤する人でも可（小生のファンの方はお断り）。昼食のヒヤムギなどを作って出勤し、夕方に帰宅して夕食を作ってくれればよし。もちろん小生はその方に指一本触れません。写真・略歴を同封してください。電話・手紙の問い合わせはお断りいたします」

これを投稿すると、この欄の係りの女性が困惑し、私の担当の編集者に相談した。

その編集者から電話があって、

「これを北さんのジョークと思わず、本気にして北さんの家を捜し当てて訪ねる女性がいたりすると、やはりお困りでしょうから」

と止められてしまった。

私はジョークのつもりではなく、本気だったのである。

そのことをあとで知った妻は勝ち誇ったように言った。

「ほら、ご覧なさい。あなたの世話をするような物好きな人は、現れっこないんですから。でも私が先に死んだら、あなたは困るでしょうから、そのうち『躁鬱病の方との接し方』という本を書いておきましょう。その本を読めば、あなたの世話ができる人がいるかもしれないから」

しかし、妻はいまだにその本を書く素振りはない。

入院しても気の強い妻

妻は私より、ちょうど十歳若い。といっても、いまの私が七十三歳、妻は六十三歳だから、妻が私より若いといっても、他人から見れば立派な初老である。それでも、私自身があちこち体にガタがくる年頃になると、自分より十歳若くて、叩いても死にそうにない桃太郎のように丈夫な妻がいるのは心強い。

ところが不思議なことに、妻も人並みにケガもすれば病気もするのである。すると私はたちまちオロオロすることになる。

だいぶ前、軽井沢の山小屋でひと夏を過ごしていたときのことである。私は不眠症で体調を崩して一日、ベッドでゴロゴロしていた。夕方になって外で呼ぶ声がするので、パジャマのまま出て行くと、妻の友人が二人で庭に入ってきた。話を聞くと、その日、妻は二人とサイクリングに出かけ、転倒したのだという。自転車で転んだくらいでは大したことはあるまいと思ったが、前日に降った雨で湿った砂利道に車輪をとられ、崖の下へ落ち、顔を打ったそうだ。大事をとって救急車を呼び、病院へ運んだそうだ。

「CTスキャンなどで調べましたが、異常はございませんでした。口の中が切れたので入院なさいましたが、大したことはありません。私たちはこれからもう一度、病院へ行ってまいります」

「すみませんが、病院へ行かれたら、その後の様子をお電話で知らせてくださいませんか」

二人は二台の車に分乗して去っていった。

私はとりあえず服に着替えて、電話の横に座って病院からの連絡を待っていた。ところが、一時間過ぎても電話がない。

さすがに心配になって、病院へ電話をしてみた。しばらくして電話口に出た妻が、モゴモゴした声だが、別に心配ないと言った。

「口の中を切っただけなの。一日か二日で退院できるわ」

妻の声を聞くと、私は安心した。

翌日、また病院に電話をしてみると、数十針縫った口中が化膿するといけないので、抜糸するまで入院していたほうがよい、と医者から言われたそうだ。

私は見舞いに行きたかったが、長いこと運転していない。そこで軽井沢に滞在している辻邦生夫妻に連絡して、翌日、病院に連れて行ってもらうことにした。

その翌日、病院へ行くと、入院病棟は三階だった。病室をたずねあて、ノックをして部屋へ入ると、狭いけれど個室で、妻はベッドに寝ていた。

その顔を見て、ちょっとギョッとした。顔にはガーゼが貼られ、唇が相当に腫れていて、腕には点滴の針が入っている。その日の昼前に電話をしたときは、回診がすんでいないので退院日も決まっていないというので、見通しを聞いてみると心もとない返事がきた。

「それが、あと五、六日になるか、七、八日になるか、まだわからないと言われたの」

私は医者をやっていたが、専門は精神科だったので、外科のことはさっぱりわからない。

辻夫妻は、奥さんがケガをした顔を見るのは悪いからと言って、一階で待っていてくれた。やさしい心遣いである。

妻は入院が長引きそうなので、私の食事のことを心配してくれた。軽井沢に来ているので、手伝ってくれる人がいない。このころはすっかり食欲が落ちたので、夕食さえきちんとしたものをとれば、あとは適当にすませればいい。妻の入院中は、軽井沢に滞在している友人に電話をしては、レストランで会食することにして車で迎えに来てもらっていた。

「あなたのオモリをみなさんにお願いしては申し訳ないでしょう。短時間なら家に帰れるから、もう少しよくなったら私が食事の支度をするわ」

「おれのことは心配せず、療養に専念しなさい」

たまには、このように心が通い合うこともあるのだ。

ところが、その二日後、正午近くに妻は病院から一時帰宅した。明け方まで執筆していた私はベッドでうつらうつらしていた。階下の気配に降りていき、「どうかね?」と妻の身を案じたものの、寝不足の不機嫌なまま、つい怒った口調で言った。

「おれは明け方まで仕事をしてやっと寝付いたと思ったら、さっき電話で起こされて三時間しか寝ていないんだ。どうせ喜美子の友人だろうと思ってほっといたけど」

妻はむち打ち症もやったようで首に白い輪を巻いたまま、その三倍の怒気を込めて言い返してきた。

「私が入院していることはもうお友達は知っているから、友達が電話をしてくるはずがないじゃありませんか。あなたは病院から帰ってきた妻に、いたわりの言葉ひとつかけずに、ご自分のことばかりおっしゃるのね！」

こうなると、売り言葉に買い言葉である。

「だから病院から帰ってくる必要はなかったのだ。それに、ぼくはまず『どうかね？』と訊いたはずだ」

「そんな心のこもらない言葉は聞こえません。ようするに、あなたは自己中心なのよ。ご自分のことしか考えないのよ」

妻は口論を始めると、同じ文句を繰り返す。しかも目には涙を浮かべる。夫婦喧嘩は犬も食わぬというけど、妻が涙を見せると私は狼狽する。

妻は半分怒り、半分泣きながら台所の片付けものなどを始めた。

「そんなこと退院してからでいいから、もう病院へ帰りなさい！」

やさしい言葉をかけてやりたかったのに、つい厄介者を追い出す口調になってしまい、自分でもうんざりして、私は戦線を撤退して風呂に入った。

この冷却作戦は成功して、風呂から上がると、妻の怒りは静まり、あと片付けも終えて帰ろうとするところだった。そして、あろうことか少し微笑んで、「ちゃんと仲良くしましょうね」と私に向かっていった。

私も無条件降伏のしるしとして同様のことを言った。

その翌日、妻が入院したと聞いた娘が東京からやってきた。

「パパ、ちゃんとママのお見舞いに行かなきゃダメよ。それに、せっかく無理して一時帰宅したのに、喧嘩するなんて」

妻が電話でいらぬことを言ったらしい。私が言い訳しようとすると、妻の気性を受け継いだ娘は毅然として言った。

「これからパパとママのお見舞いに行くから、ちゃんとやさしい言葉を言うのよ。ママは怒っているんだから」

「わかった。由香の言う通りにする」

その日は妻が抜糸をして、様子次第では退院できるという。私は娘に叱られぬよう、大人しく娘について病院へ行った。

妻は口の中を二十数針縫ったので抜糸に時間がかかった。私たちは待っていたが、途中まで抜糸し、残りは明日やることにして、無事退院することになった。

その後は、夏も終わりに近づき、次第に寒くなる山小屋で、私と妻は割と仲良く暮らした。

妻の入院にオロオロする

その年の夏に軽井沢でサイクリング中に転倒してケガをした妻は、東京に戻ってからしばらくして体の不調を訴えた。

「私、なんだかお腹が大きくなっちゃった」

このとき妻は五十歳を過ぎていたのだから、オメデタではない。いやしくも医者であった私が子宮筋腫などの婦人科の病気を疑うべきであったのだろうが、

「とにかく病院で診てもらいなさい」

と言っただけだった。ハンマーで叩いても死にそうもないほど元気で体力もある妻が病気になるとはつゆほども思わなかったのである。

ところが、病院で検査してもらった結果、子宮筋腫をわずらっていることがわかった。

私はまるで素人のように慌てふためいて言った。

「喜美子、それは悪性のものではないよ。もしガンだったら、もっと顔色が悪くなるはずだ。そうに決まっている」

妻は妙に落ち着いていて、

「顔色が悪くなったりしたら、それこそガンの末期じゃありませんか。あなた、医学を修めた方でしょう」

と、逆に私をなじるほど元気だった。

とにかく、私の友人の勤めている病院へ行かせると、病室の空きの都合で二週間後に入院することになった。

その一週間、妻は病気のことなど忘れたように甲斐甲斐しく立ち働いていたが、入院前日の夜は、さすがに不安になってきたらしく、私の寝室にやってきて、

「私、少し不安になっちゃったわ」

と言った。

そこで、日ごろは妻のことを鬼のように恐れている私は、妻を安心させようと、やさしい声で、

「何も心配することはない。ごく簡単な手術だ」

となぐさめた。

私は外科手術のことはさっぱり知らないから、どんな手術になるかわからなかったが、とにかく安心させてやりたかった。のみならず、やさしくキスまでしてやった。妻にキス

をしたのは、もうボケてしまって忘れたが、何十年ぶりのことだったろう。

入院の日は娘にまかせて、私は仕事をしていた。

手術の日は、娘夫婦と病院へ行った。

妻は点滴を受けながら、すっかり疲れた顔をして、口数も少なかった。

それを見ると、さすがの私も妻が哀れに思えた。しかし、キスをする代わりに、自分を元気付けようと持ってきた缶ビールを飲んだ。妻が出産するので一緒に病院へ行ったときも、ウイスキーを飲みながら分娩室の前で待っていたことを思い出した。

手押し車に乗せられた妻を三人で手術室まで見送った。執刀していただく先生によると、手術は一時間ですむという。

手術室から少し離れた待合室で待った。待合室の一隅に小部屋があり、タバコが喫える。私はそこに入ってタバコを喫い、喫い終わると娘たちのところへ行き、また小部屋へ行ってはタバコを喫った。一時間を過ぎても「手術中」のランプが消えず、誰も出てこないのを見ると、予想したより手術が難航しているのではないかと思ったりした。

だが、それから少しして手術室のドアが開き、私たちは呼ばれて戸口まで行った。先生から手術が無事終わったことを告げられた。

「病理検査の結果を見ないとわかりませんが、外見では悪性ではないようです」とも言った。

妻は病室へ帰ってから眠っていた。そのうち麻酔が切れたらしく、ふだんは気丈な妻が「痛い、痛い」と口にした。

鎮痛剤を射ってもらいたかったが、これ以上射つと体に悪いそうなので、妻には我慢してもらった。

娘たちが帰ったあと、私は夕方まで付き添っていた。先生が大きな手術をしていて、病室に来られなかったからである。

だいぶたって先生がやってきて、麻酔のせいで半分眠っている妻を診て言った。

「もう大丈夫です。お帰りになっても」

病院を出るとラッシュ時で、人込みの電車に揺られて帰った。心身ともに疲れた。術後の妻の身より、自分の身を案じていた。

病床でも夫を叱り飛ばす妻

その翌日、病院に見舞いに行った。痛みは薄らいでいるだろうと思っていたら、妻は相変わらず苦しげな顔をしてうめいていた。

私は病室に入るなり、奥の冷蔵庫に目をやった。私に付き添ってきてくれたお手伝いさんに、「ナナちゃん、何を飲む？」と大声を出したら、妻に「お願い、静かにして！　お腹にビンビン響くわ」と叱られてしまった。

私は自分のために病室の冷蔵庫に入れておいた缶ビールを取り出して飲み始めた。

一缶のビールを飲み終わると、昨日と同じようにベッドの横の椅子に座って時間を過ごした。何もしなかったわけではない。看護婦さんが血圧を測ったり、脈をとりにきたあと、

「まだ、おれのほうがましだろう」

と言って、脈を測ってやった。

今度は看護婦さんが痛み止めの鎮痛剤を射ちにきたので、

「おれが射ってやろうか。もう二十年もやったことがないけど」

と言うと、妻は私をにらみつけた。

それでも、看護婦さんが筋肉注射をしたあと、私は手でもんでやった。こんなことをしたのは、妻が妊娠中、つわりがひどくてブドウ糖注射をして以来だから、ずいぶん久しぶりのことである。

注射をして十分ほどすると、妻はうつらうつらし始めた。それでも、あまり早く帰ると叱られると思い、じっと椅子に座って妻の顔を見ていた。眠っているときの妻は穏やかで静かな寝顔である。

夕方には娘が来ると言っていたので、彼女が来るまで待って一緒に帰るつもりだったが、一時間待っても、二時間待っても来る気配はない。冬が近づく季節で、窓の外はもうすっかり暗くなっていた。眠っている妻を起こさないように静かに病室を出た。

翌日は娘が見舞いに行ってくれた。夜、娘から電話がかかってきて、

「ママはまだ痛がっているよ。それに、昨日はパパがやってきたと思ったら、大きな声でしゃべり、一人でビールをさんざん飲んで、帰っちゃったって怒ってたよ」

痛みでつらいのだろうが、それにしてもよく怒る女だ。

私は、なだいなだ君に電話をして、術後の経過などを聞いた。なだ君は慶応病院の医局時代からの友人で、作家活動をしながら医者も続けている。専門は精神科だが、博識なので外科のこともよく知っている。なだ君によると、手術のあとは、やはり三日くらいは痛いそうで、夜も眠れないことがあるそうだ。

それでも妻は元気を回復しているようで、電話で病院に持ってきてほしいものを伝えてきた。まるで引越し荷物のような注文だった。忠実なお手伝いさんが注文を取り揃えた

ら、大きな紙袋が四つになった。

その日は、妻の友人も見舞いに行くと言うので、その荷物と私を車で運んでもらった。その友人にも手伝ってもらったが、私も紙袋を両手に下げてヨタヨタしながら病室にたどり着いた。

妻はもう痛みがなくなっていたが、クシャミをしたり、笑ったりすると痛むと言う。かなり元気を取り戻した妻は、ベッドから降りてきて、荷物を調べだした。トースター、パン、バター、ジャムなどの食料品も注文どおり入っているのを確かめると、

「これで病院での生活も何とかなるわ」

と満足そうにした。

他の荷物は、着替えやラジオ、さらにクリスタルの花瓶、そして退屈しのぎにデッサンするのだと言ってスケッチブックやクレパスなどが詰まっていた。重いのは当然である。馴染みの物が運び込まれて、妻はいつもの調子を取り戻したようである。

妻の友人も一緒なので缶ビールをひかえてウーロン茶を飲んでいたが、少しセーターの胸にこぼしたら、シミができるじゃないと言って、ひとしきり怒った。

「ほら、主人は本当に困るでしょ」

と妻は友だちに向かって笑いかけたら痛みがきたらしくて、また恐い顔をしていった。

「あなた、それはお出かけのセーターですから、家へ帰ったら着替えてくださいね」

これでは見舞いだかなんだかわからない。

それから二週間ほどして妻は退院したが、私は見舞いに行くたびに叱られた。

たとえば、妻は自分宛に電話があっても、入院のことは極秘にしてくれと私に厳命していた。しかし、親しい間柄の友だちだったので入院先を教え、見舞いは絶対に必要ないと強調した。

「それなら、お花くらい贈ってもらってもいいでしょう」

私は断りきれずに、こう言った。

「ええ、まあ。その代わり、できるだけ小さい花にしてください」

私が見舞いに行くと、病室には豪華な花が飾られていた。

病院の中には、野菜や果物などを売っているおじさんがいて、ラジオで競馬の中継を聞いていた。私も競馬が大好きで一緒に聞いていたら、病院内を歩けるようになった妻に見つかってしまった。

「あなた、私が家を留守にしている間、ずいぶんやっているんでしょう。もう競馬はダメよ」

かくして、妻はすっかり元気を回復し、また日常生活が戻ってきた。

妻の悪口を書きすぎた祟り？

妻が元気になって退院したのはいいが、家に戻ってくれば顔を突き合わせることになり、私が腹を立てる機会も増えた。当時はけっこう忙しかったので、仕事関係の用事をよく頼んだのだが、その半分すらやってくれない。そのうち、私の身の回りの世話さえ忘れるようになり、もうボケが始まったのかと疑ったほどだ。

そのころの私は飲み物が冷たくなくては飲んだ気がしないから、ビールにまで氷を入れて飲むのが習慣だった。その氷を冷凍庫でつくるのに、不器用な私がやると台所中をビシヨビシヨにしてしまうし、時間もムダにする。元気になった妻は以前にも増して外出するようになったが、私のために氷をつくっていくのを忘れて行った。

それで私は悪戦苦闘して氷をつくったが、すぐに台所は水浸しになったものの、なかなか氷は固まらない。

帰宅した妻に文句を言うと、妻は平然と、

「サルも一度くらい木から落ちるわ」

と言った。

ところが、次の日も忘れて行った。

私が立腹して大声を出すと、妻は少しも動じることなく、

「サルだって二度くらいは木から落ちることがあるわ」

と言った。

そこで私は、

「お前はサルはサルでもテナガザルだ！」

と叫んだ。

テナガザルというものは、手も足も長いから、他のサルよりも木から木に飛び移るのが数倍上手だ。ところが、上手いのを鼻にかけて、やたらに樹上を飛び回るものだから、枯れ枝に飛びついて地上に転落することも他のサルより圧倒的に多い。実際、学者が調べたところ、テナガザルの体には骨折したりコブをつくったあとが多いという。

これからも妻は同じ失敗を何回も繰り返すだろうという意味でテナガザルを持ちだしたのだが、このことを妻に説明して理解させるまで完全にヘトヘトになってしまった。

妻はこのときのことを根に持っていたのか、私が氷水を飲みすぎて下痢をしたときは敢然と逆襲に打って出た。腹の調子が悪くて、急いでトイレに駆け込んだのだが間に合わ

ず、パンツからパジャマまで汚してしまった。まことに、われながら不覚であった。すると、妻はカンカンに怒った。

「またですか、もう大変よ。なんてことでしょう。あまり氷水を飲みすぎるとお腹をこわすと言っているのに、あなたはガブガブ飲むから、こんなことになるのよ。この下着は捨てます。早くパジャマのズボンと靴下を脱いで、足を風呂場で洗って下さい」

どんな罵詈雑言を浴びせられようが反論できないので、私は妻の言うままに下半身をさらして風呂場で足を洗って戻ってくると、妻は追い討ちをかけてきた。

「あなた、スリッパも汚れていたわよ」

私だってわざとおもらししたわけではない。下痢だって一種の病気なのだから少しは同情してもいいではないか、と言ってやりたいのを我慢して謝ってみせると、妻はようやく機嫌を直して新しいスリッパを出してくれた。私のほうは気が治まらなかったが、このときの妻の仕打ちをエッセイに書いたら、ようやくスッキリした。こういうときは、もの書きになってよかったとつくづく思う。

ところが、それからほどなくして私が鬱病になり、いつになくひどい状態で苦しんでいると、妻は言った。

「あなたが面白がって私の悪口を親しい人にこぼすくらいだったら、私も大目にみます。

私だって、あなたのことを友だちにこぼしているのですから。ですけど、こんなに大げさに原稿に書いたり、対談でしゃべって、それを活字にすることはないでしょ。私のことを御存知ない方がそれを読んだら、私がどんなにひどい悪妻かと本気にするじゃありませんか。もともとは、あなたが躁状態になって変なことばかりするからじゃありませんか。これを機に、私の悪口をあちこちに書くのはやめてください」

妻が鬱病の私をそう言って脅迫するのは、まるで言論弾圧だ。妻をこれ以上怒らせると、私の本を燃やすだけでは気がすまず、穴を掘って私を埋めるに違いないと思った。

ところが、私たち夫婦を知っている先輩や友人たちは、ことごとく私を非難し、妻の味方をするのである。しかも、「もし奥さんがいなかったら、北君はとうに破滅していただろう」などと口をそろえて言うので、私は悔しくてたまらない。

束の間の躁病でヌード・モデルに

いまや私が妻に対抗できるのは、躁病のときだけである。かつては、躁病になると怖いものがなくなり、誰彼かまわず見境なくケンカを吹っかけたこともある。しかし、残念なことに年々歳々、鬱病が長引く一方で、ときどき思い出したように短く軽い躁病がやってくるだけになった。それも、妻に向かって少し大声で怒鳴る程度で、妻以外の人に怒鳴ったり嚙み付いたりすることはなく、デタラメに株を売り買いすることもめったになく、ほとんど人畜無害なのである。

もう十年ほど前の夏、久しぶりに躁状態がやってきた。軽井沢の山小屋で過ごしていたときのことで、鬱病のときは無気力で夕方まで寝ている私が朝は五時ごろになると目が醒めてしまう。夏の陽光がベランダを照らすようになると、コーヒーを飲みながら新聞を読み、興味のある記事を片っ端から切り抜いたから、ひと夏で紙袋が十袋もたまってしまった。

陽射しが強くなると、シャツもズボンも脱ぎ捨て、パンツ一枚になって日光浴をしながら本を読む。鬱のときは軽い読み物くらいしか受け付けないが、躁病になるとかなり難しい専門書も読みこなせる。それをみんな覚えていれば私も相当に学のある人間になれたかもしれないが、悲しいかな、鬱になるとみんな忘れてしまう。

鬱病のときと躁病のときでは、発散するエネルギーのケタが違う。仕事の量でいえば、鬱のときは月産七枚などという情けない状態になるが、躁になると月産六百枚も書くこともある。そういうときは、家の中でじっとしていられなくなる。

山小屋にいちばん近い店までは二キロほどあり、ふだんは車で買い物にいくのだが、このときは半ばジョギングしながら往復した。さらに、若いころ覚えた乗馬に挑戦してみたら、ちゃんと乗れるのである。それまで何回か試してみたが、足腰が弱っていたため、鞍にまたがるのもひと苦労で、初心者が初めに習う軽速歩さえ上手く反動が抜けずに断念していた。ところが、その夏は体操をしてこわばった足腰をやわらげ、ジョギングで筋力もつけていたので、何とか人並みに乗れたのである。

そんなふうに体を動かし、ベランダで日光浴をするようになると、鬱のときは妊娠したガマガエルのように腹を突き出して不恰好だった私だが、かなり腹が引っ込み、顔も引き締まり、連日の日光浴で肌が浅黒く焼け、ずっと若返ったように見えてきた。

それだけですめばよかったのだが、そうはいかないのが躁病の恐ろしいところである。その夏の終わりには、自分がアポロンのような肉体になったと本気で思い込んでしまった。ギリシア神話の太陽神である。まさしく妄想だが、こんな肉体を持つことはもう二度とあるまいと思い、この裸体を写真に残しておこうと考えたのである。三島由紀夫さんがボディービルで鍛えた肉体を写真に残した気持ちもわかった。

妻は怒ることも忘れ、あきれ返ったようだが、娘は喜んで撮影してくれることになった。裸体といってもパンツをはいた格好だが、娘は赤いトランクスのほうが似合うだろうといって、旧軽井沢の店まで行って買ってきてくれた。

撮影はさすがに恥ずかしいので、車で人家のないあたりまで行き、ススキの生えた原っぱまで行った。私はシャツもズボンも靴下も脱ぎ、トランクス一枚のセミヌードになった。道ばたの雑草の中に身を横たえて撮ってもらおうとしたら、草にあたって体じゅうがヒリヒリした。しかし、それにもめげず、いろいろなポーズをとった。

後日、出来上がった写真を見ると、その中の一、二枚は、われながらなかなかの出来だと喜んだ。

帰京してから、懇意の女性編集者に得意になって見せたら、彼女は少しも感心せず、こう言った。

「まるで磔から降ろされたキリストみたいですね」

ぜい肉が取れて体が引き締まったと思っていたが、痩せこけただけのようだった。

それでも彼女の反応には不満で、今度は男の編集者に見せた。

「どうです、アポロンに似ているとおもいませんか？」

何と答えていいか一瞬考えてから、彼は言った。

「さあ、ぼくはまだ本物のアポロンに会ったことはないですから、似ているかどうか、ちょっとわかりません」

人の目にはどう映ったか知らないが、私にとっては「ひと夏の輝き」であった。その後はまた長い鬱状態に入り、短い躁状態がときたまやってくるだけになった。

旅行に出ても絶えないケンカ

私たち夫婦はけっして仲が良かったわけでもないのに、振り返ってみると一緒の旅行もずいぶんした。もっとも、旅先ではケンカが絶えなかった。とりわけ母も一緒だったフランス旅行は最悪だった。

母の輝子は歳を重ねても一向に元気が衰えず、海外旅行をしては、あり余ったエネルギーを発散させていた。たいていは一人でツアーに参加していたが、フランスに行くことになったときは、ツアーから離れてリヨンの「ポール・ボキューズ」と、その近くの「ピラミッド」という、いずれも超一流のレストランに行きたいと言うので、私は自分だけ付き添いでゆくつもりだった。

しかし、母は妻に向かって、

「喜美子もあんな人と暮らして大変でしょう。あなたたちの費用は私が出しますから、一緒にいらっしゃい」

と言い出したので、三人で旅行することになった。

私はその少し前に株で破産して金詰りだったので、ずいぶん長いこと妻を旅行に連れて行ってやれなかった。苦労をかけた妻のねぎらいにもなると思い、母の申し出に乗ることにした。

このときの私は躁状態だった。出発のとき、三人で空港に着くと、私はさっさと出国管理所を通過して、免税店で吸いなれたタバコやウイスキーを買い込んで、指定のゲートで後から来るはずの二人を待ったが、どこにも見当たらない。指定のゲートに行ってみたが、そこにも二人の姿がないので、私はスタンドでビールを飲み、トイレに行き、ゲートに戻ると、眉を逆立てた妻が立っていた。

「あなた、いったいどこに行ってらしたの？　お母さまがとても心配していらっしゃいましたのよ」

「お前らが見つからないから、先にこのゲートに来て待っていたんだ。ちょっと目を離したすきに来て文句を言うとは何事か！」

妻はあきれ顔をして言った。

「わたくしはさんざん捜したのよ。あなたは親孝行をするといって付いていらしたのに、もう親不孝をしているわ」

私たちの言い合いを聞いていた母も横から言った。

「私は、お前を連れてきたことをもう後悔していますよ。こんなことなら、一人で旅したほうがよっぽど楽だわ」

先が思いやられる出だしだった。

私は仕事を持ちこんできたので、機内でずっと原稿を書きつづけ、みんなが眠り込んでからもスチュワーデスとしゃべり、自宅を出てからアムステルダム経由でパリに着くまで三十四時間たっていたが、その間に四時間しか眠らなかった。躁状態なので、四時間も眠れば元気いっぱいで、すでに目を覚ましていた母と話していた。

すると、うしろのほうの席で眠っていた妻が目を覚ましてやって来て、

「お母さま、宗吉はずっとこんなふうにしゃべっていたんですか。さぞご迷惑でございましたでしょう」

私は躁病になると、かなり口汚くなる。

「何を言いやがる。おれはずっと不眠不休で書いていたんだぞ。その間、てめえはグウスカ寝てばかりいたくせに！」

妻は私の大声に負けず、すごい剣幕で言った。

「あなた、躁病の薬をお飲みになってください！」

母もあきれ顔で言った。

「先が思いやられるわね……」

このように、妻が寝ているときは書きまくり、起きているときは諍《いさか》いをしていたので、パリ郊外のホテルに着いたときは、すっかりくたびれ果てていた。部屋のベッドに仰向けに倒れたまま身動きできなくなり、ずいぶん寝たはずの妻もベッドに横になった。

母の部屋とは隣りだったが、続き部屋の境いのドアを開けておいたので、私たちの部屋に侵入してきて、たいそう立腹して大声を出した。

「あなたたち、まあいったい何でしょう！　八十五歳の私がピンピンしているのに、若いあなたたちがそんな有り様では情けなくなります！」

このときの旅行は、私たち三人はよく怒鳴りあったが、もとはと言えば私の躁病が二人に伝染したのかもしれない。

しかし、躁病というのは感情の起伏が激しいから、たいしたことでもないのに怒り出し、怒っていたと思ったら泣き出したりする。パリの中華料理店で食事をしているとき、私は出し抜けに笑い出した。この笑いの発作が始まると、ずーっと笑いっぱなしになって、止まらなくなった。

母は小さな子どもを叱るように言った。

「宗吉、いい加減になさい。何がおかしいのです！　みんながこっちを見ています。喜美子、何とか止めてください！」

「あなた、お母さまは心配なさっていらっしゃるのよ。本当に、いい加減にしてください！」

そう言われると、笑いの発作はますます激しくなり、それを鎮めようと水を飲んだところ、気管支に入ってむせ返った。私は笑いながら苦悶したのである。

母は眉をひそめて、

「喜美子、宗吉はいつまでこうなんでしょうね……」

と心配げに妻に尋ねると、私の躁鬱病に慣れている妻は言った。

「さあ……、でも三ヵ月前から始まってだんだんひどくなっていますから、今が峠だと思います」

まるで火山の噴火である。

この旅行の目玉だったリヨンのレストラン「ポール・ボキューズ」でも、母の機嫌は直らなかった。この店のシェフは、ずっと前からときどき銀座のフランス料理店にやってきて腕を振るっていた。それで食いしん坊の母は、フランスの本拠地なら、なおおいしかろうとやってきたのである。

レストランで、母はまず好物のフォアグラを味わった。

「あまりおいしくないわね。ここはやはりダメよ。あなたたち、これを召しあがれ」

白ワインの辛口をさんざん迷ったあげく選んだのだが、それは母の口に合わなかった。母は言った。

「このワイン、ドライすぎるわね」

メインの伊勢エビにも悪態をつき、最後にデザートとチーズがワゴンに山のように載せられて来たが、私たちは少量を取っただけだった。

「ボキューズはもうダメね。私はやはり、和食のおいしいのが好みに合うわ。おいしい懐石料理が食べたくなったわ」

フランスのリヨンまで来て懐石料理が恋しくなるようでは、今回の旅は失望と混乱に終わったかもしれない。

しかし、翌日、リヨンの近くのヴィエンヌという町にある「ピラミッド」という店で、やっと安堵することになった。

料理がどれもごく美味で、母の機嫌もよくなり、母にならってテリーヌを頼んだ妻は、あとで「食べてしまうのが惜しいほどおいしかった」と言った。ソムリエが赤ワインの温度を温度計で測ったのには驚いた。

三人三様に、ザリガニと鳩と帆立貝を取ったが、それぞれ少しずつ分け合って食べると、いずれもデリケートな味で、料理などろくにわからぬ私でも「なるほど」と満足したものだ。母の不機嫌はこれで完全に解消した。

妻と二人の由布院の旅

それから二年後、大学二年生の娘も含めて私たち一家は母と四人でタイを旅行した。このときの私は、鬱気味で口数が少なかった。母のお守りは妻と娘にまかせていたが、さすがの母も齢のせいか、一人でホテルに残っていることが多かった。

母が大好きな旅に出るときの口実は、決まって「もうじき私は死にますから」というセリフだった。それにしてはなかなか衰える気配がなく、たいていの観光地を巡り歩き、それにあき足らずアフリカで猛獣を見て回ったし、南極大陸の氷の上を歩いたこともある。モンゴルに行ったときは腸閉塞を起こしたが、ソ連のイルクーツクで手術を受けて助かっている。母は前にも腸閉塞をやったことがあるので今度もそうだろうと思い、ろくに診察もしないロシア人の医者に「レントゲン、レントゲン」と叫んだら、ようやくレントゲン写真を撮って腸閉塞とわかったのだそうだ。なんとも気丈な女である。

しかし、そのころになると母の衰えはさすがに隠せず、タイに行った翌年、私たち一家と一緒にインド洋のセイシェル諸島に行ったのが最後の海外旅行になった。現地のホテルに一週間滞在し、母はふつうに食事をしたし、それほど疲れたようすもなかった。そして私の精神状態は、めずらしく平常を保っていた。

滞在も終わりに近づいた日、妻がめずらしく真剣な顔をして私を呼んだ。そこは私たちの隣室の母と娘の部屋で、二人は出かけていて留守だった。

「あなた、これご覧になって」

妻はベッドのそばの絨毯を指した。そこには点々とシミの跡があった。ついに老いのきた母がそれと気づかずに粗相をしたに違いなかった。

その年の暮れ、母は入院した。肝機能低下ということだったが、全身が衰弱していた。年を越えると、母の体調は一進一退で入退院を繰り返した。

それでも旅が好きだった母は、退院すると一時的に元気になるというか、持ち前の気性からか、友人と会食したり、箱根の山荘にも出かけた。母の国内旅行は、兄夫婦と一緒に大分県の由布院に行ったのが最後になった。母が亡くなったのは、その国内旅行から半年後だった。

それから七年後、私は妻と二人で、由布院に行った。熊本に仕事ができたので、妻に一緒に行かないかと声をかけたのである。そんなことは久しぶりのことだった。

すると妻は、

「せっかく九州へ行くのなら、ついでに由布院へ行ってみましょうよ。お母さまが最後に旅されたところですから」

と言った。

私は旅行記などを書くため、人からはずいぶん旅好きだと思われてきたが、実は出不精で、自宅にいるのが好きなのである。それも寝室にこもっているのがいちばん好きである。歳をとるにつれてこの傾向が著しくなってきた。

妻は私と反対の性格になり、齢とともに社交的になり、友人と会食したり、音楽会に行ったりするのを好むようになった。そのたびに私は留守番役を務めることになる。妻が出かけると、どういうわけかしきりに電話が鳴ったり、宅配便が来たりする。妻は外出しても人騒がせである。

しかし、このたびは妻の誘いにのって、母の最後の宿を訪れてみようという気持ちになった。

熊本で仕事を終えた次の日、九州横断バスというのに乗って阿蘇山をめぐり、夕刻になって由布院に着いた。宿は母たちが泊まったところを妻が予約していた。

母の泊まった部屋はあいにくふさがっていたが、宿の部屋はみな同じようなつくりの離れ屋になっていて、部屋のたたずまいも調度もしっとり落ち着いていた。離れ屋の外は、ちょっとした庭になっていて、いかにも鄙びた感じで雑草がほどよくのびていた。

夕食がすんだあと、宿の主人が、近くの川にゲンジボタルがいるから見に行きませんか、と誘ってくれた。私の生まれた青山の家にも、当時はヘイケボタルが迷い込んでくることがあった。それらを捕まえて蚊帳の中に放して、電灯を消した暗闇の中で、小さくはかない青白い光が明滅するのを見るのが私は好きだった。

宿の近くの川には、見たこともないほど丈の高いクレソンが生い茂り、ゲンジボタル特有の大きな光輝が何十となく漂っていた。それは、この世のものと思えぬほど夢幻的だった。

私は手にとまったホタルを捕まえた。部屋に持ちかえって暗闇に放ち、子どものころのように幽玄な光を眺めながら寝ようと思ったのである。

ところが、詩情を解さぬ妻はこう言った。

「可愛そうだから逃がしてやりましょう」

私はせっかくの気分に水をさされ、腹を立てて言った。

「冗談じゃない。ゲンジボタルは天然記念物だから持ち帰れない。それにおれはもうコガネムシしか集めていないんだ」

「どうだかわかりはしないわ。天然記念物だったら、なおのこと早く逃がさないと」

結局、私は妻の言う通りにした。そして、おれと妻の関係は、父と母のそれにだんだん似てきたと思った。若いころは、しょっちゅう衝突して仲の悪い夫婦だったが、父は歳をとると母を怒ることも減り、母の言うことに逆らわなくなったのである。

寝床につくと、蛙がしきりと鳴いているのが耳についた。すでに熟睡している妻の寝息を聞きながら、私は母の在りし日の思い出をたどっていると、母の姿はいつの間にか妻の姿に変わっていた。私が死んだあとも、妻はきっと母のように元気にあちこち飛び回るに違いない。

タバコと酒をめぐる攻防

もう私の体はすっかりガタガタである。肝臓がだいぶ弱っているので、医者から禁酒を命じられたものの、私は自分で自分の主治医を任じているので、少しくらいならよかろうと節酒につとめている。もっとも最近は強い酒は体が受け付けなくなったので、もっぱらビールである。それも妻に言わせると、冷えたビールを飲むとお腹をこわすので、常温のぬるいビールしか飲ませてもらえない。しかも一日に缶ビール三本と決められている。

その昔、母の輝子に「あなたは妻ではなく、看護婦さんのつもりでいてちょうだい」と言われたのを逆手にとって、「私は婦長さんになる」と宣言したこともある。なにしろ婦長さんともなると、主治医より偉いのである。

冬ならまだしも、真夏に冷えたビールを飲むこともできず、挙句の果てに娘が安くてうまいからと発泡酒を買ってくる。しかし、私はやっぱりビールがいい。ぬるい発泡酒のことを隣家の宮脇俊三さんになげくと、

「それはホームレスよりみじめですなあ」

と同情を買った。

むろん私も、妻の言いなりになってばかりはいられないから、何とかして冷えた缶ビールを手に入れようと知恵をめぐらせる。

散歩と称して外出し、近所の酒屋でよく冷えた缶ビールを四本ばかり買い込んだことがある。ところが、私はこの十年近く、鬱状態で外出することはめったになくなり、家の中

でもベッドやソファで横になっていることが多くなった。それですっかり足腰が弱くなっていて、そのビールを家まで持ち帰るのさえ大儀になった。しかもそのまま帰宅すれば、妻が玄関に迎えに出てくるから、たちまち露見するに決まっている。そこで家の近くの馴染みのタバコ屋さんに預かってもらい、あとで娘に取りにいってもらった。

ところが、娘は私の味方をしてくれると思ったのに、そのことを妻に言ってしまったから、缶ビールは私の手に入る寸前に没収されてしまった。娘といえども、他人をあてにしたのが甘かった。

そのことがあってから、外で缶ビールを買ってきて、隣家の宮脇さんのところのポストに隠し、あとですきを見て取りにいくつもりで手ぶらで帰宅した。これこそ完全犯罪と思ったが、妻は何かひらめいたようで、たちどころに宮脇さんの家のポストに入れておいた缶ビールを見つけて持ってきた。

「宮脇さんは紹興酒は召し上がりますけど、ビールはお飲みになりません。これは何でしょう」

と、これまた没収されてしまった。

仕事の打ち合わせで家に来た編集者に頼み込んだこともあった。帰る途中に酒屋さんがあるから、そこで缶ビールを買って届けて欲しい、その際に妻に悟られぬよう、忘れ物を取りに戻ったふりをしてくれ、妻は人一倍勘が鋭いのでくれぐれも気をつけてくれ、と細かい打ち合わせまでした。

編集者が辞去して五分ほどすると、

「すみません、忘れ物をしました！」

と戻ってきて、応接間で待機していた私に缶ビールを差し入れてくれた。

彼が逃げるように家を退去すると、妻は何かを嗅ぎつけたようで、私が缶ビールが入ったビニール袋を隠す間もなく踏み込んできた。

「あら、あの方は忘れ物を取りに来たとおっしゃっていたのに、この袋を置いていらしたわ。本当におかしな方ですわね。オホホホ……」

と何食わぬ顔で獲物を持ち去っていった。

まるで密輸犯と税関の闘いである。

そんな失敗もあるが、まんまと缶ビールの持ち込みに成功することだってある。せっかく手に入れた貴重な缶ビールを見つかってはならないから、私は本棚の中に隠した。

後日、妻はそれを発見して、

「あなたはカラスと同じで、ご自分で隠した冷えた缶ビールを忘れてしまうから、本が水滴で濡れています。そのうちカビが生えちゃうじゃありませんか。こんなことは、もうやめてくださいね」

歳をとってだいぶボケたのは確かだが、ついにカラス並みにされてしまった。

私はタバコのほうもかなりのヘビースモーカーで、これまた一時は医者に禁煙を命じられたが、タバコなしでは頭がさっぱり働かない。タバコもまた妻の監視の目をかいくぐって手に入れるのはひと苦労だ。

最初に考えたのがダミー作戦である。タバコ屋さんで十箱ほど買い込むと袋に入れてくれる。そのうち四、五箱をズボンや上着のポケットに隠し、残りが入った袋を手に下げて堂々と帰宅した。待ち構えていた妻は、

「お医者さまに止められているでしょう」

と言って、手を差し出した。私はいたずらを見つかった子どものように観念してタバコの入った袋を妻に手渡した。

やれやれと思って寝室に入ろうとすると、さすがに鋭い妻は、私のジャケットのポケットがボコボコに膨らんでいるのを見つけ、

「あなた、まだよ」

と言って、空港の検査官のようにボディチェックをするものだから、全部見つかって取り上げられてしまった。

妻が留守のときに、チャンスとばかり急いでタバコを買いに行って戻ってきたが、それから少しして帰宅した妻が寝室にやってきて、

「あなた、タバコを買いにいらしたでしょう。外から電話を入れても出ないんですもの」

と寝室を捜索されて見つかってしまった。

最近は体調がやや回復して、タバコは自由に喫えるようになったものの、缶ビールは一日三本と決められているから、ビールをめぐる攻防は相変わらずつづいている。しかし、怪人二十面相がどんなに知恵をしぼっても、名探偵明智小五郎に見破られるように、私にはたいへん分の悪い闘いである。

第四章　夫婦の折り合い

「花嫁の父」は自分の結婚を振り返る

私の一人娘が結婚すると言い出したときは、自分の結婚生活を振り返って複雑な心境になった。

ふつう花嫁の父というのは、可愛い娘をどこの馬の骨ともわからぬ男に奪われる怒りと悔しさをこらえながら、娘の幸せを願って門出を祝福するものらしい。しかし私の場合、もしあのとき結婚していなかったら……などと夢想し、わが身に引き寄せて花婿に同情さえ覚えたのである。

私の結婚式の話は前に紹介したように、できるだけ披露宴を質素にしてほしいとお願いして、出席者は百人ほどで、引き出物もなしであった。

そのため、娘たちの披露宴もなるべく質素にという私の意向をくんで、仲人なし、お色直しなし、引き出物はごく質素なものにするということになった。とにかく、派手にショー化された披露宴でなかったのは有り難かった。

職場結婚なので、スピーチは二人の上司であったが、私の先輩作家も数名出席してくれて、ユーモアある話ぶりを披露してくれた。

たとえば遠藤周作さんのスピーチはこんな具合だった。

「さっき、由香ちゃんが入ってこられたとき、あんまりきれいなので、あの『ローマの休日』のシャーリー・マックレーン……、あ、失礼しました。オードリー・ヘップバーンみたいだと思いました」

ここで一同爆笑。シャーリー・マックレーンという女優はさほどきれいではない。とびきりのユーモア感覚をお持ちの遠藤さんは、わざと間違えてみせたのである。のっけから笑いをとった遠藤さんがスピーチを始めた。

「ここに原稿を書いてきました。こう書いてあります。由香ちゃん、あなたがお小さいときから、いつかはあなたの花嫁姿を見られると思っていましたが……、これはあまりいい文章じゃないな」

ここでまた笑いをとって、スピーチは続いた。

「由香ちゃんはあのお父さまを毎日見ていたのですから、ちょっとやそっとのことでは驚きません。たいていのことには驚きません。だから、あなた方の家庭はきっとうまくいくと思います」

遠藤さんにはもっとひどいことを言われるのではないかと内心ヒヤヒヤしていたのだ

が、この程度ですんだことは幸せだった。

披露宴は進行し、いよいよ最後のスピーチをお願いしていた阿川弘之さんの番になった。

阿川さんも「ここに原稿を書いてきました」と紙片を取り出した。

「要点の一つは、由香ちゃん、あなたはまことにお気の毒なことであります。私やここにいる辻邦生さんなど比較的まともな者もおりますが、文士というものは多少変わっているものです。けれども、あなたのお父上、北杜夫の変わりようは並大抵のことではなく、あなたのお爺さま、齋藤茂吉先生も大変人で、またあなたを可愛がった輝子夫人は文士ではないが、やはり変わっておられ、お兄さまの医者にして文士にあられる齋藤茂太さんも、その弟といずれが上かという大変人であります。そのうえ、あなたの小さなころから周りに文士ばかりがいたのですから、まことにお気の毒であります」

由香に同情するふりをしつつ変人たちを羅列して、阿川さんはすっかり笑いをとっていたが、少しは救いをいれるつもりだったのか、こう続けた。

「その代わり、あなたはお母上の血を受けたのか、まことに可愛らしく、まともな女性に育ちました。……その母上も、このごろはいささか尋常ではなく……」

私は嬉しくなって拍手をしようとしたが、隣に座っている妻を見て、我慢した。

妻の話で会場の笑いをドッと誘ったものの、阿川さんは絶句してしまい、しばらく沈黙が続いた。あとで聞いたところによると、原稿になかった私の妻の悪口を言い出したので、文章がどこにつながるかわからなくなったらしい。そのうち「自分の字が読めなくなった！」と口走った。これは酔っ払ったためだけでなく、本当にモウロクしたのではないかと心配した。

それでも阿川さんは、「これでは由香ちゃん、たまったものではありません」と言い、中村憲吉氏のお嬢さまが結婚したとき、齋藤茂吉が贈った歌を朗読してスピーチを締めくくった。

わが友人たちのお祝いのスピーチは、つまるところ私や私の親兄弟、作家仲間の尋常ならざる習性を披露したわけだ。阿川さんはアドリブで私の妻もそこに含めてしまった。新郎側の親戚は、これから彼を待ち受ける不幸を案じたかもしれない。

そして私はといえば、娘の結婚がきっかけで自分の結婚を振り返ったが、こんな私たち夫婦が紆余曲折を経ながらも何とかこれまでやってこられたのはどうしてなのだろう、もしかしたら私と妻はそんなに相性が悪くなかったのかもしれない、と思った。

孫の出現で「ジイジ」となる

娘に孫が生まれたとき、私は不吉な予感がした。私は必然的にお爺ちゃんになり、それだけ死期が近づいたように感じたからだ。

その孫がまだ赤ちゃんだったときは予感ですんでいたが、やがて成長して二、三歳になると私の領域に侵入してきて、私の立場はますます悪くなった。

あるとき、私が新聞を見ながら食事をしていて、食べ物を食卓の上や床にボロボロとこぼすと、妻が、

「あなた、こぼれました。気をつけてこぼさないように召しあがって」

と叱るので、私は、

「だって、ヒロ君だっていっぱいこぼすじゃないか」

と、当時二歳くらいだった孫を引き合いに出して言い返す。すると妻は、

「ヒロ君は可愛いからいいの。あなたはこぼして可愛いってわけにはいかないでしょ」

と鼻で笑った。

私は悔しいので、

「でも、ぼくは少年時代、ずいぶん美少年だったんだ。人間、こんな歳になって可愛いはずがないじゃないか！」

と弁解がましく言ったが、妻は返事すらしない。

それでも孫は可愛くて、親バカならぬ爺バカで、佐藤愛子さんにも孫が生まれ、しかも女の子だというので、孫の一歳のころの写真を送り、裏にこう書いた。

「ヒロ君の見合い写真。どうだ、可愛いだろう。言語、日本語少し。その他地球語でない言葉をしゃべる。ただし内ベンケイ」

愛子さんも孫の写真を送ってきた。

「この前、病院で隣の男の子を殴りました」

と書いてあった。私は返事に、

「さすが愛子さまの孫は可愛い。二人を将来、ぜひ結婚させましょう。ヒロ君がいくら殴られても、小生は我慢します」

愛子さんから、その返事がきた。

「そんな先のことはわかりません。あたしの孫は、あなたの孫の写真をしゃぶっています」

孫は娘夫婦の一人息子で、私の家の近くのアパートに住んでいたので、よく私の家で食事をした。その娘夫婦がわが家の敷地に家を建てて同居するようになると、孫はいよいよ私を脅かすようになった。

小さな子どもというのは、自分をかまってくれる人を好きになる。ところが、私は鬱病になると人と口をきくのも嫌になり、いつも不機嫌な顔をしている。これでは孫が寄り付くわけがない。

孫が妻にばかりなついているので、妻が気の毒がって、

「このお家ではジイジがいちばんお偉いのよ」

と教えた。孫と同居するようになって、私は「ジイジ」、妻は「バアバ」と呼ばれるようになり、自分たちがお爺ちゃん、お婆ちゃんであることを嫌でも自覚するようになった。しかし、孫は小さいなりに私と妻の関係を見抜いているのか、私を避ける態度は変わらなかった。

それでも私が少し元気なときに、

「ヒロ君は大きくなったかな」

と声をかけると、ヒロは大きくなりたいらしくて、私の広げた両腕に飛び込んでくる。私は生まれつきひ弱な上に、歳をとって体力も衰えているので思わず、

「アッ、重い、重い」

と言ってしまう。

私の祖父は気をそらさぬ人で、初孫の兄が三歳のころ、抱き上げて、

「おお、重い、重い。お前は本当に偉いねえ」

と孫にお世辞を言ったそうだ。私はこの祖父の言葉をまねたのかもしれない。

妻が言うように、私はいい歳をして孫に腹を立てることがある。

夕食どきに、私がプロ野球を見ようとすると、孫がリモコンでチャンネルを変えてしまった。妻は気の毒がって、

「ジイジは野球を見たいのよ。ジイジのおっしゃるようにして」

と言っても、孫は私をからかいたがって、リモコンを持って逃げていった。その夜は、大切な巨人・阪神戦である。私は孫を追いかけていってリモコンを奪い取り、チャンネルを変えた。すると孫は本気で私にガーンとぶつかってきた。

私はさすがにムッとして、ひと言も口をきかずに野球を見ながら食事をしていると、妻が言った。

「あなた、本気で怒ってらっしゃるの？　まるで阿川さんみたい」

阿川弘之さんが孫と同居するようになったとき、私は電話で尋ねたことがある。

「お孫さんは可愛いですか？」

「いや、憎い」

という返事が返ってきた。なんでも小さな孫が阿川さんの椅子に腰掛けているので、阿川さんが「どけ！」と言ったら、「嫌だ！」と答えたので、孫が憎くなったそうだ。

阿川夫人に、お孫さんは阿川さんをなんと呼ぶかと尋ねると、「グランパ」だという。阿川さんたる者が、なんで英語で呼ばれているのかと訊くと、「でも、孫はアメリカ生まれだから仕方ありませんわ」と夫人は答えた。

奥野健男さんのところは、「大パパ」「大ママ」だそうだ。

私はすっかり「ジイジ」が板についてしまったようで、孫が五歳になったころ、妻が、

「そろそろヒロ君にも、『おじいちゃま』と言わせましょうか」

と訊いたが、私は、

「いや、ジイジのほうがいい」

と答えた。わが家で私は妻だけでなく、孫にも脅かされるようになったが、私が死んでも、この子が私を記憶していると思うと、いとしくなってくる。

ヒロ君が六歳になったころ、夕食の席で私たちに訊いたことがある。

「バアバとジイジは、どっちが先に死ぬの？」

私が、

「そりゃあ、ジイジだよ」

と答えると、

「やっぱしそうだ」

と嬉しそうな顔をした。私が、

「やっぱし、ってどういうこと？」

と訊くと、

「だってジイジのほうが先に生まれたもの」

孫はそのころ、死に興味を持っていたようで、娘にも、

「ヒロが大人になったとき、ママはまだ生きている？」

と少し前に尋ねたそうだ。

私は、思い切って孫に尋ねてみた。

「ヒロ君は、ジイジが死んだら寂しい？」

孫は小さな声で、「うん」と答えた。

躁鬱病は過去と未来が交錯する

私は二十数年来の躁鬱病患者である。この病気のことはこれまでずいぶん書いてきたので、人に広く知られるようになり、若い読者からの手紙にも、

「ぼくが『北杜夫の本を読んでいます』と言ったら、友人から『あんな奴が書いた本を読むと、きみも頭がおかしくなるぞ』と注意されました」

と書いてあった。

私がことさら自分の躁鬱病の話を書いているのは、この病気について広く知ってもらいたいからだ。自分でもコントロールできない感情の激しい起伏は、本人の心がけなどの問題ではなく、心の病気として治療を受ければ何とか日常生活を送れるようになることを示したいのである。そういうことを知らずに、どれほど多くの躁鬱病患者が悩んできたことか。

私はたびたび現役の精神科医からこう言われたものだ。

「昔は患者に、『あなたは躁病です』あるいは『鬱病です』と告げると、ギクリとした顔

をされたものですが、このごろは『ああ、北杜夫さんと同じ病気ですね』と安心する人が増えてきました」

　これは私の功績としても不遜ではないだろう。

　作家には精神病の傾向がある人が少なくない。ゲーテは激しい躁鬱病で、ニーチェは梅毒末期に特有の進行麻痺、夏目漱石は被害妄想にさいなまれていた。ヘミングウェイの自殺は鬱病からきたようだ。私はそうした偉大な作家と肩を並べられるはずもないが、ただ一つ彼らより優っているところがあるとすれば、かつて精神科医をやっていたために自らの病気を認識していることである。

　私は躁鬱病の患者であると同時に、精神科医でもあったから、マニー（躁状態）とデプレッション（鬱状態）については、並みの医学者よりも体験を通じて深く認識しているつもりだ。

　ビンスワンガーというスイスの学者によると、躁状態のときは子どもに返るという。子どもは新しい玩具を与えると、前の玩具を捨てて新しい玩具に飛びつくように、躁病の患者は意想奔逸といって次から次に湧いてくる思いつきというか妄想に熱中する。そして子どもが玩具を片付けないで散らかしっぱなしにするように、躁病患者も広げた風呂敷のあと始末をしないから、ほとんどの思いつきは中途で挫折する。

それに加えて、躁状態のときは周囲がどんなに迷惑しようが、本人は気分が爽快で、目に入るものがみな美しく見える。

ある年の夏、私の山小屋に遠藤周作夫妻と中村真一郎夫妻が遊びに来られた。みんなのおしゃべりをよそに寝転がってテレビを見ていたが、番組が終わったので起き上がってひょいと見ると、目に飛び込んできた遠藤さんの奥さまがなんとも福々しく見えた。奥さまはもともと福々しく美しいのだが、それこそ輝くように美しく見えた。しかし、それを口にするとお世辞のように聞こえるだろうと思って我慢して、こんどは奥さまの横にいる妻の顔を見ると、これまたいやに美しく見えた。そこで私は我を忘れて、

「喜美子、お前はきれいだねえ」

と言ったら、ちょっとやそっとのことでは物に動じない遠藤さんもおったまげて、椅子から転げ落ちそうになった。

一方、鬱病になると、気分がふさいで何も積極的にやる気が起こらず、過去のことを思い出しては後悔して悲嘆に暮れる。それこそ、あまりにつらく情けなくなって、死にたくなるほどだ。幸い私はどんなにひどい鬱病におちいっても自殺を考えたことはないが、鬱病を抱えている人は死ぬよりつらい思いをしているのだ。

それでも私は躁鬱病になって本当に良かったと思っている。躁は未来に向かって突き進

み、鬱は過去へ向かって沈潜する。したがって私には未来も過去もわかるのだ。中世以前の人たちは過去ばかりを考えてきた。人間は近代以降になって未来ばかりを考えるようになった。しかし、未来よりも過去を考えるほうが大事なこともあるのだ。

夫婦は互いにあきらめの気持ちも必要

夫婦を四十年もやっていると、若いころには想像もしなかったいろいろなことが見えてくる。新婚ホヤホヤのときは恋愛の延長のようなもので、相手に対する期待がまだ残っているのだが、数年もすると期待の多くが無い物ねだりだったと気づかされる。

自分の理想の異性と結婚したつもりなのに、どうやら間違ったらしいとか、不良品だったと後悔するのもこのころである。電気製品なら修理を頼んだり、買い替えたりすることもできるが、妻や夫というのは簡単に修理したり交換できないからやっかいだ。

私の場合、大人しくて優しい女性だと思って結婚したのに、それは最初の数年だけで、そのあとは次第にたくましく、さらには猛々しくなる妻を見ていると、何だかだまされたという気持ちもあるが、そもそも女というのは結婚するとそうなるものだという諦念も生まれた。
もちろん、私は自分で家庭人としてふさわしくないことを充分に自覚している。そんな夫を持った女性が、優しい一方で夫の言いなりになるばかりだったら、友人たちが言うように、わが家はとっくに破滅していただろう。ときどきブレーキの利かなくなった私の手綱を締めたり首を絞めたりするから、曲がりなりにも破滅せずに四十年もやってこられたと思うと、しとやかだった妻を猛々しくしたのは私のせいなのだろう。

おまけに私の場合、自宅で仕事をしている。取材や打ち合わせに出かけるときをのぞいて、家で毎日妻と顔をつきあわせる生活である。夫がサラリーマンなら朝会社に出かけて、夜遅く戻ってくるまで夫婦は別々の時間を過ごしている。一日の半分は別の生活なので、さらに睡眠時間を差し引けば顔を合わせている時間は、一日せいぜい三、四時間ですむ。

私が船医をしていたとき、妻帯者たちはみな一様に妻思いであった。そのあと、船乗りの留守家族との書簡集などを読んでみたが、船員の多くは実に夫婦仲がよくて、こちらが羨ましくなるほどだ。別々に暮らしていて、たまにしか会わないから仲がよいのである。サラリーマン家庭でも、夫が単身赴任で別れて暮らしていると長持ちするという。いつも顔をつきあわせていると摩擦が生じやすいものだ。

夫婦は長くなると、よく「空気のようだ」とか「水のようだ」という。空気や水ならそばにいても気にならないし、摩擦も生まれない。それが夫婦の理想的な関係かもしれない。しかし、私たち夫婦はとてもそんな境地には達していない。

それでも何とか折り合いをつけていられるのは、互いにあきらめの気持ちを持っているからだと思う。「こんなことを言っても、どうせ妻には理解できないだろう」と私が思っているように、妻もまた「この夫には、まともなことを言ってもわかりっこない」と諦めているふしがある。

そして、妻はよく娘に、「パパの本質は本当に心やさしい人なのよ。いろいろあったけれど本質的に厭な人だったら、とっくに嫌になってしまっているけど、やはり病気だと思えば仕方ないでしょう。パパの本質は本当に素晴らしいし、どこかで尊敬しているから、いままでやってこられたのだと思うわ」と話している。まるで自分を納得させるかのように――。

ドタバタなわが家は、こういう形でギリギリの線で保たれ、私たちは理解し合っているのである。今後のことはわからぬが――。

歳をとるほど女は強くなる

世の中には、人が羨むほど仲の良いオシドリ夫婦がいるけれど、二人揃って、あるいはどちらか一方が、よほど人間ができているのだろう。人間にはエゴがあるし、ことに男と女は考え方にかなり差があるので、一緒に暮らしていて波風が立たないほうが不思議だ。うまくいくとしたら、どちらか一方が自分のエゴを引っ込めて、相手に合わせるしかない。その人が賢ければ、相手に合わせているふりをして、実は相手を巧妙にコントロールできるかもしれない。オシドリ夫婦の実態は、案外そんなものだろうと私は思っている。

推理作家の木々高太郎さんが「結婚二回説」を唱えたことがある。男にしろ女にしろ、若いときに親ほども歳上の相手と結婚して、自分が歳をとったら今度は若い相手と結婚しろ、という説である。本人は実生活でも二回結婚してうまくいったから、そう言ったのだろう。親子ほど歳が離れていれば、エゴのぶつかり合いを避けられて、案外うまくいくかもしれない。しかし、歳上のほうが早々に亡くなってくれればいいが、いつまでも長生きしたら若い伴侶は再婚のチャンスを逃してしまう。運を天にまかせるようなものである。

夫婦の間の軋轢というのは、生物学的にみて女のほうが圧倒的に強いことから生じるのではないか、と私は思っている。たとえば昆虫の世界をみると、ハチのオス同士はメスをめぐってケンカをして勝ったものがメスと交尾する。オスはケンカで消耗しているところで交尾をするものだから、交尾のあとは疲れ果ててすぐに死んでしまう。秋に鳴く虫だって、カンタンやスズムシは交尾をしたあとはメスに食べられてしまう。それを思うと、虫の音がいっそう哀れに聴こえる。

つくづく女のほうが強いと私が感じたのは、医学生で解剖実習したときだった。なにしろ女の死体をあてがわれたグループは、男のものより三日間よけいにかかった。解剖実習というのは、皮膚を切開し、慎重に脂肪を取り去り、その下に表れた細い血管や筋肉をていねいに剝いでいくのだが、女は脂肪が厚いので、それを取り去るだけで三日はかかる。女の死体に当たった医学生たちは運が悪いと嘆いたものだった。だから私は『どくとるマンボウ航海記』に、「女に海水パンツを買ってやるのはいいが、毛皮のコートを買ってやるのは全然無駄なことである」と書いたことがある。

やはり女性は体の仕組みも頑丈にできているが、生存本能も子孫を残す本能も断然強いのだ。その証拠に、いまや私はヨボヨボの老人で外出もままならないが、妻は元気いっぱいで外を飛び回り、家にいるときは私を叱り飛ばしている。歳をとると男女差は開く一方で、妻はますます強くなっていくようだ。

暴君だった父よ、あなたは偉かった!

父の齋藤茂吉は七十歳で亡くなった。私はその父の亡くなった年齢になってようやく評伝四部作を書き終えた。そして改めて思ったのは、「父よ、あなたは偉かった」ということである。これは身内自慢ではなく、あくまでも私の卑小さと比べての話である。

今や私は妻の前では「ヘビに睨まれたカエル」であるが、父は晩年まで妻に対して強い夫であった。身体が衰弱して床につき、ボケるようになってからは、さすがに怒鳴り散らしたりはしなかったが、それなりに母や私たち子どもに対する威厳を失わなかった。ところが、この私ときたら、妻にはなじられ、娘にはからかわれ、孫には馬鹿にされ、またそのことをネタに原稿を書いているのである。それを父が知ったら、なんと言うだろうか。つくづく父が生きていなくてよかったと思う。

そんな私でも、若い頃は父の血を引いていると思ったことがある。家族には暴君であっても、他人にはいろいろ気を遣い、むしろ優しかった父とそっくり同じだったのである。

遠い昔のことになってしまったが、その頃のことを思い出すと懐かしさがこみあげてくる。

たとえば、父は晩年、箱根の山小屋で夏をほとんど私と二人で暮らしていた。父は相変わらず気難しく、私は父の逆鱗に触れぬよう接していたが、父は郵便屋さんには優しかった。山道を登って郵便を届けてくれるのを感謝して、ときどきチップを渡していた。私はそうした父を見習い、妻には怒鳴っても、郵便屋さんには感謝していたのである。

私も結婚してからしばらくして軽井沢に山小屋を建て、夏はそこで過ごしている。人家の少ない場所で、郵便屋さんはオートバイで来てくれるが、山道なので大変だろう。そこで読み終えた週刊誌とか漫画本をあげることにしていた。飲み物をすすめることもあった。それもわざわざ、

「コーラとキリンレモンと、どちらがよいですか？」

などと尋ねるのである。

夏が終わって東京に帰るときは、しばらく前にお願いして、郵便物を東京の自宅に転送することにしてもらった。そして東京に戻ってくると、何日分かの郵便物が届いているのである。

ある年、転送を早めにお願いしたので、東京に戻ると一週間分の郵便物がたまってい

た。ちょうどそのとき、私は躁病の上り坂にあったので、その夜のうちにすべての郵便物を整理してしまおうと思い立った。妻に手伝わせてせっせと仕分けをしたり、主だった手紙の返事を書いたりした。そのうち、妻は疲れきって自室に引き上げてしまった。

私はなおも一人で整理を続けたが、さすがに精も根も尽き果てて、寝室へ行く気力もなく、食堂一面に雑誌や新聞を広げたまま、となりの四畳半の畳の上に引っくり返って寝てしまった。

翌朝起きてきた妻は、食堂の雨戸を開けようとして、そこに散らばっている雑誌に足をすべらせ、うつぶせに倒れて顔面を強打して、すさまじい悲鳴をあげた。

その大声に起きてきた娘があたりを見渡すと、四畳半の部屋には私が引っくり返り、食堂では妻が倒れている。一瞬、娘は私が急死して、それを発見した妻が驚いて悲鳴をあげたと思ったそうだ。

しかし、近づいてみると私は穏やかな呼吸を繰り返して眠っているだけだが、妻のほうは顔じゅう血だらけである。娘は慌てて私を起こした。ところが、私は完全に寝ぼけていて、いくら娘が「ママが大変！」と言っても、「バカ！　ママが先に寝てしまうから、オレサマが蚊に食われたんだ。大変なのはこっちのほうだ！」と怒っていたそうである。

娘は私が当てにならないので、一人で救急車を呼んだ。

やがて救急車がやってきた。その頃には私も目を覚ましていたが、半分もうろうとしていた。出血がひどい妻を救急隊員たちがタンカに乗せて運び出そうとしているのをほったらかして、私は一人で門の前に止まっている救急車のところへ行った。運転席に一人で残っている男に、私はこう言った。

「あのー、何かお飲みになりませんか。コカコーラとペプシコーラと、どちらがいいですか？」

のちに妻は、このことで私をさんざんになじった。どんなときにも外面がいいのは父の影響だと言いたかったが、そんな言い訳をしても、妻の怒りに油を注ぐだけだから黙っていた。

そういうとき、私の妻にも増して気の強かった母の輝子が何を言おうとも、一言のもとに黙らせた父が羨ましく、また偉い男だったと思うのである。

「香典はいただく。多くの貢ぎ物さらによし」

この歳になると、死がだいぶ身近になってきた。この数年の間に友人知人が次々に亡くなったので、この世にいても寂しい思いをするようになり、あの世に行ったほうが楽しそうな気がしている。

二年前、辻邦生さんが亡くなった。辻さんとは旧制松本高校時代に知り合い、家族ぐるみでおつき合いしていたので、妻と娘を連れて通夜に行ったとき、娘に言った。

「パパが死んでも形式張ったことが嫌いだから通夜や葬式はやめてくれ。本当に親しい十五、六人くらいで偲ぶ会をやってくれれば充分だから」

すると娘はあっけらかんとして言った。

「大丈夫！　パパを偲ぶ人なんているかどうかわからないから。偲ばれないなら、そんな会はやらないほうがいいかもしれないわ」

そんな話から死亡広告の話になった。私は香典、弔電のすべてを辞退する案をのべたが、娘は「香典は受け取る」方がいいという。つまり、香典というのは偲ぶ人の気が済むのだから受け取った方がいい、というのである。さらに娘は調子にのって、「香典は受け取るが、香典返しなし。花は断るが、多くの香典、貢ぎ物あればさらによし」と言った。

私の死亡広告は、本当にそうなるのかもしれない。

遠藤周作さんが亡くなったとき、軽井沢で偲ぶ会があった。毎夏、軽井沢で一緒に過ご

す仲間が集まった。矢代静一さんから私に司会をやってくれと言われたが、

「ぼくは鬱病で一人じゃ無理だから一緒にやろう」

と矢代さんと二人で司会をすることになった。矢代さんの助けもあって、遠藤さんのほら吹き話や奇行などを紹介して、なんとか司会をやりおおせたが、矢代さんのお嬢さんの朝子ちゃんが言った。

「遠藤のおじちゃまは周りの人にエネルギーを与えていたからお疲れになって早くお亡くなりになったけれど、北のおじちゃまはその逆だから、案外長生きするわ」

その朝子ちゃんのお父さんの矢代静一さんも亡くなった。そのときも偲ぶ会が開かれて、私が矢代さんの思い出を話したら、お嬢さんの朝子ちゃんから、

「北のおじちゃまの話、すごく良かった。もう小説なんか書くのをやめて、あちこちの偲ぶ会で話したほうがいいわ」

と、変なほめられ方をした。

矢代さんの下のお嬢さんの友子ちゃんは、遠藤さんを偲ぶ会で矢代さんと私が二人で司会をやったことを覚えていて、

「おじちゃまは、ようやく一人立ちしましたね」

と励ましてくれた。

親しい人たちが次々になくなり、偲ぶ会でスピーチ役を務めるのは本当につらい。本当に私がいちばん最後になれば、娘の言うように、誰も偲んでくれないかもしれない。それならそれでもいいのだが。

立派すぎる友人を持った不幸

何も故人になったから言うわけではないが、私の作家仲間はみな立派な人たちだった。そのなかで私はいちばんの落ちこぼれであった。作品の評価は好みもあるだろうが、みな世に送り出した作品は一定の水準を超えていた。

ところが私は、いくつかの作品はいくらか自負もあるが、大半は駄作だと思っている。躁病のときは素晴らしい傑作だと勢い込んで書いているのだが、本になってみると惨憺たる出来で、羞恥心で消え入りたくなったことさえある。

作品の出来は才能と努力の結果だから、どんなに背伸びしたところで越えられない壁はある。しかし、立派な友人とくらべて恥ずかしくなるのは、作品とは別に私生活においてである。ここまで書きつづってきたように、私はかなり滅茶苦茶をやってきた。躁鬱病が発病する前から尋常な人間ではなかったから、病気のせいばかりにはできない。

妻は文学を解さぬ人間だから、私の作品に口出しせず、それは私も有り難いことだと思っている。しかし、私生活の話になると、妻は立派な友人たちと私を引きくらべ、そのことごとくが私を非難する材料になる。なかでも妻が好んで引き合いに出したのは辻邦生さんである。

私の寝室や書斎が、本や雑誌、資料に使う新聞の切抜きの山であまりにも雑然としているので、妻はしばしばダニが湧くと叱った。私が、作家という人種はみんなこんなものだ、お前は坂口安吾の仕事場の写真を見たことがあるか、それこそ部屋そのものがゴミ箱のようなものだぞ、と反論すると、妻は必ず辻さんを引き合いに出した。

「辻さんをご覧なさい。机の上は整然としているし、ご自分でお掃除もなさるし、お食事だってつくられることもあるのよ」

これには私も言い返すことができずに沈黙してしまう。実に辻さんは作家にはめずらしく品行方正で端正な紳士なのである。そして私生活でも模範亭主で健康な生活を過ごしていた。

私は辻さんが軽井沢の山荘で執筆しているところをしばしば目にしていた。道路に面したガラス戸の前にテーブルを置き、そこで書き物をしていた。作家には、暗い場所にこもって書くタイプと、明るく開放された場所を好むタイプがある。私は典型的な前者だが、辻さんは後者の典型だった。

しかも辻さんは、晴れた日には家の前のテラスに椅子とテーブルを持ち出して、そこで仕事をしていた。その姿が前の道を通る人から見える。私には自分がものを書いているところを見られるのはとても堪えられないのだが、彼はそれを平然とやってのけるのだ。机の上も整然としていて、資料を山積みなどにしたりしない。下調べなどはその前の段階で綿密にすませ、終わりまできちんと構想を立ててから書き始めるからだ。

辻さんの仕事ぶりは端正で几帳面だが、とっつきにくい性格ではない。思ったより人なつこく、人が訪ねてくるとニコニコして快活に相手をしてくれる。

もちろん、辻さんはすぐれた作家だから、こうした外見とは逆に、内面にはドロドロ、モヤモヤしたものがあるのは当然のことだが、それを人に見せようとはしない。しかし、身近にいた私は、それをうかがい知ることができた。きわめて健全そうで体力もあるのに、常軌を逸して臆病なのである。

ある夏、辻夫妻が軽井沢の山荘に滞在していたとき、辻夫人の親戚にご不幸があって、夫人は急遽東京に帰ることになった。すると、一人で山荘に残ることになった辻さんはすっかりうろたえてしまった。周囲に人家がまばらな家に、一人でいるのは怖いというのである。

のちに辻夫人から聞いた話では、辻さんは夫人の親戚の不幸を悼みつつも、自分一人が置き去りにされることを憤慨したという。実際、辻さんはその晩、一人で過ごすのが怖くて、徹夜で明け方まで仕事をしたそうだ。辻さんが怖がったのは、強盗とかの人間ではなく、夜の暗闇に代表される得体の知れない超自然だったからである。

辻さんは夫婦仲も良くて、私から見ても羨ましいかぎりだった。奥さんの辻佐保子さんは美術史の権威でもあったが、辻さんの小説を本当に理解していた。作家同士でちゃんとした夫婦生活を維持している例も二、三あるが、あれほど見事なコンビを私は知らない。

辻さんが亡くなったあと奥さんが言っていたが、辻さんは相当のお人好しで、親しい編集者から頼まれると、忙しくても原稿を引き受けてしまう。あとで本人が苦しむ姿を見ている奥さんは、何とか仕事をセーブさせようとしていたそうだ。

私はその話を聞いて、今からでも遅くないから、辻さんの奥さんの爪の垢をもらってきて煎じ、妻に飲ませようと思ったほどだった。

遠藤周作さんの実像

遠藤周作さんにも多くを学んだ。

遠藤さんが座長をしていた素人劇団「樹座」が旗揚げ公演をしたら超満員の大盛況だったが、そのころ躁状態だった私は、あれほどみっともない演技なら自分にもできるのではないかと思い、入団を志願してしまった。たしか、昭和四十三年のことだった。

次の公演は『ハムレット』で、新入団員の私はいきなり主役のハムレットの役を与えられた。といっても、素人ばかりなので全編通して一人では務まらないので、一幕ごとに交代する。私は四人目のハムレット役だった。

しかし、そのときの私は鬱病におちいり、自殺したい発作をかろうじて堪えている状態だったが、頼み込んで入団して主役をもらったのに、今さら逃げ出すわけにはいかない。しかも、公演一週間前の初めての練習日に、私はいきなり一幕分を追加された。私が困り果てたようすなので、遠藤さんはシゴキがいがあると目をつけたようだ。

私が稽古の席で、台本を必死になって暗記しようとしていると、遠藤さんは、

「あ、新米のくせにおれより上手くやろうと企んでいる。よし邪魔してやるぞ」

と宣戦を布告すると、だしぬけに私の隣に来て自分のセリフを不気味にも陰々滅々とした声で朗読しだした。遠藤さんは亡霊の役だった。

はたして本番は、遠藤さんの目論見通りに私はセリフを覚えきれずに立ち往生し、うろたえる羽目となり、今でも思い出すたびに自己嫌悪に襲われるほどだ。もっとも、それが遠藤さんのねらいだった。二回目の公演ともなると経験者が増えて素人劇団らしくなくなってしまうと困るので、いかにも芝居が下手くそそうな私を主役に抜擢したというわけだ。

遠藤さんはイタズラが大好きで、私はすっかりだまされたことがある。

ある夜、ひどいナマリのある日本語で電話がかかってきた。

「ワタシ、アナタト、ニューヨークデ、オアイシタ、○○デース。イマ、ワタシ、日本ニイマース」

私はいくら考えても思い出せなかった。もっとも、私は人の名前と顔を忘れるのが得意で、相手が私のことを覚えているのに私が思い出せず、ひどい罪悪感に襲われることがしばしばだった。そのときも気を動転させながら、オロオロと記憶をたどった。すると、ニューヨークで会ったアメリカ人の一人を思い出したので、当たりをつけて言った。

「ああ、あなたは日本人の奥様をお持ちの、あの神学をやっておられる方ですね」

そういう人の家に招かれたことがあったからだ。

「イエース。ソウデース、ソウデース」

と相手が言うので、私はホッとしながらも、気がとがめたので、

「実はちょっと酔っていたもので、あなたのことをすぐ思い出せずに失礼しました。その節は本当に……」

と言いかけると、電話口の声がガラリと変わり、

「ワハハハハ、おれだよ」

と、腹を抱えて笑っている姿が容易に思い浮かぶ遠藤さんの声が響いてきた。私はその晩、悔しくてなかなか寝付けなかった。その後、私が躁病のときにイタズラ電話をするようになったのは、この遠藤さんの電話のせいであった。

ウソをつけない人は一人前の小説家になれないという。だから私もホラをふくが、私のはすぐホラとわかるのだが、遠藤さんのホラは深遠なる術策に満ちているから、ホラとは気づかず有り難く拝聴してしまう人も少なくない。私も何十回となく見事にだまされ、どれほど迷惑したかわからない。

ある人が、遠藤さんのいいところは、キリスト教主体の文学と、病人にやさしく尽くす

ホスピタリティー、それにホラやイタズラが大好きな奇妙な人柄の三つが揃わないと、遠藤の本当の人柄はわからない、と言ったことがある。まったく私も同感だ。遠藤さんが亡くなると、身近にいた人でないと知らない三つ目の人柄が薄れつつあるようだ。

たとえば野口英世にしても、昔の伝記は彼の偉大だったところだけ伝えているが、後世になって彼が借金を踏み倒したり、嫉妬心や功名心が人一倍強かったという話が出てきて、野口英世が等身大に描かれるようになった。故人を美化するあまり、本当の姿を消してしまうのは残念なことなので、私は偲ぶ会で遠藤さんのホラ話やイタズラの話をしたのである。

もっとも、私が死んでも妻子や友人は私の悪口を触れまわるに決まっているから、私にはそういう恐れがないのは幸いだ。

第五章　夫婦の晩年

名馬サイレンススズカと駄馬の私

躁鬱病の波でいうと、昭和が平成に代わってしばらくすると、私は長い鬱病期に入った。ときどき小さな躁状態になることはあっても、それは束の間の花火のようなもので、すぐに深い鬱に戻ってしまう。おまけに、体がガタガタになって寝込むことが多くなり、親しくしていた友人知人が次々に亡くなり、妻がますます居丈高になるので、気分はどんどん落ち込んでいった。

昔は三年くらいの周期で躁病になっていたのだが、歳をとってエネルギーがなくなってきたのか、いっこうに躁病の気配がみえなくなった。だから、時計の針が誰も気づかぬうちに止まっているように、私もこのまま静かに消え入るのかもしれないと覚悟していた。

ところが、よほど私は天邪鬼にできているのか、七十二歳にして躁病の大波が押し寄せてきた。ほぼ十年ぶりのことである。

そのきっかけは、平成十年十一月一日の天皇賞だった。希代の名馬といわれたサイレンススズカが非業の死を遂げたことで長年の鬱病を脱したのだから、われながらおかしな話である。

私は競馬が大好きで、元気なときはよく競馬場に足を運んでいた。足腰が弱ってからは、妻に頼み込んで都内の場外馬券売場に車で送り迎えをしてもらっていたが、鬱病になるとそんな元気もなくなり、馬券を買わずにテレビでレースを観るくらいになった。

この日の天皇賞もテレビで観戦していた。一番人気はもちろんサイレンススズカだった。前年のデビュー戦で、二位に七馬身もの大差をつけて優勝し、大いに注目されていた。その後も好成績をあげていた。この年に入ってからも、出走した六戦すべてに勝っていた。よほど素質に恵まれているのか、スタートと同時にダッシュして他を引き離し、そのままゴールするという先行逃げ切り型だ。二位に十一馬身の差をつけたこともある。

そのサイレンススズカがこの日も走った。スタートでいきなり差をつけた。第二コーナー、第三コーナーでぐんぐん差を広げ、第四コーナーの手前で二位との差が十馬身ほどになった。そのとき突然、脚を止めた。走りをやめたサイレンススズカの横を後続の馬たちが次々に追い抜いていく。

一瞬、何が起こったのかわからなかった。どうも脚を骨折したようだ。歩くことさえできないサイレンススズカはトラックで診療所まで運ばれた。これは後で聞いた話なのだが、診療所でさっそくレントゲン写真をとったところ、左前脚が粉砕骨折していた。競走馬にとって脚の骨折、それも粉砕骨折になると回復の見込みがまったくないという。

五百キロもの体重で時速七十キロ近いスピードを出すサラブレッドは脚が細い。速い馬ほど脚に負担がかかって骨折しやすく、いったん骨折したら、残りの三本脚では自分の体重を支えられない。横になって寝ればいいと思うだろうが、サラブレッドの皮膚は弱いため、横になると「床ずれ」を起こしてしまう。なんにしても競走馬は骨折したら終わりなのである。そして三十分後、サイレンススズカは安楽死させられた。生まれて四年六ヵ月の命だった。

それを知った全国の競馬ファンは涙を流した。私も涙こそ流さなかったが、この希代の名馬の早すぎる死にショックを受けた。天才は早死にするというけれど、その通りだった。その才能と非業の死は、きっと長いこと語り継がれていくのだろう。

それで娘に、

「パパは小説も書けないし、生きていても仕方がないから、サイレンススズカみたいに安楽死させてくれ」と言うと、娘が、「サイレンススズカは名馬だけど、パパは駄馬だからダメ」と言われた。

このとき私は「名馬サイレンススズカは早すぎる死を見事に遂げたが、私のような駄馬は死ぬまで頑張るしかない」と悟った。友人の才能ある作家たちも惜しまれつつ亡くなったけれど、私は老いて耄碌しても生きつづけようと思ったのである。そう考えると、にわかに元気が出てきた。

さらに、娘がゴロゴロしている私を見て、

「せっかく生きているのなら、〝飲む、打つ、買う〟を満喫しないと人生もったいないじゃない。でも気の毒だけど、強い酒も飲めない、女にももてないとしたら、人生最後のギャンブル人生というのもいいんじゃない」と言い出した。

競馬が残り火をかきたてた

それまで鬱病と腰痛で何年も寝込んでいたのに、サイレンススズカのおかげで元気になった私は、近所の整形外科や灸に通いだした。その甲斐あって足腰もいくらかよくなり、電車に乗って遠出もできるようになった。

そんな娘につれられて、何十年ぶりかで山形の上山競馬場に行くことになった。

父の墓は東京の青山霊園にもあるが、郷里の金瓶の宝泉寺墓地にも分骨埋葬されているのである。競馬のために上山へ行ったが、一応、墓参りもさっと済ませ、そこで開催されている地方競馬をやった。この久しぶりの競馬は私の残り火をかきたてたようだ。

ギャンブルをやるにはエネルギーを要する。そのためギャンブルに熱中しているうちは興奮状態がつづいているが、やがて精も根も尽き果ててヘトヘトになる。しかし、適度なギャンブルなら、かきたてられた情熱の余波がなお残っていて、体内のマグマを誘うこともある。

それまで私は長いこと、もうエッセイぐらいしか書けないと諦めていたのだが、娘と競馬場に行ったときは、その余燼で半日のうちに三十枚ほどの短編小説を書き上げてしまった。何年ぶりのことだったろう。

山形に行って帰ってきたときも、夜更かし朝寝坊の私にはめずらしく翌朝六時に目が醒めて、これまた半日で五十枚近い小説を書いた。その速度はくだけた雑文を書くより速く、純文学小説なのに、自分でも信じられないほど推敲も苦吟もせず、さらさらと筆が進んだのだ。ルナールが「文章は息をつくように書け」と言ったが、そんな具合に小説が書けたのである。

私は思わず妻に、

「ぼくはひょっとすると天才かもしれない」

と言うと、妻は平然と、

「あなたはもともと天才なのよ」

とこともなげに言った。

しかし、そのあとがいけなかった。

私は競馬をやっていればご機嫌なことを知っている娘は、その後も私をギャンブルに誘うのである。しかし、私の小遣いは月四万円ぐらいしかないうえに、愚かなギャンブラーである私はめったに勝つことがない。決まった小遣いで足りず、妻に頭を下げて資金を出してもらうのも恥ずかしい。そこで自力で調達することにした。

久しぶりに原稿を書いたので、原稿料は銀行振込ではなく、キャッシュで手渡してもらいたいと頼んだところ、担当編集者は言った。

「奥様から経理に電話がありまして、それがダメなのです」

「でも、少ない金額なら何とかなるでしょう?」

「いや、会社では経理がいちばん強いものですから」

株騒動のときに、出版社から多額の前借を重ねていたので、妻は出版社に対して、直接私に金を渡さないよう申し入れていたのである。

「今回は株のためじゃない。ギャンブルの資金なのです」

「ですが、やはり奥様と経理のほうが強力ですから」

そう言われると、私も引き下がるほかない。妻をこれほど強くしてしまったのも、もとはといえば私の数々の愚行からだった。

そこで私は最後の手段に出た。なじみの古本屋さんに来てもらい、書庫にも入りきれないでいたかなりの本を処分したのである。古い漫画本がもっとも高い値段で売れたが、それでも二十数万円にしかならない。それでは足りないので、自分の生原稿も売った。妻が留守の間に来てもらったのだが、運悪く終わらぬうちに妻が帰宅した。

あとで妻が言った。

「あなた、いくらになりました?」

「二十何万だ」

「あやしいわね。古本だけでそんなになるはずないわ。あなた、ご自分の原稿も売ったんでしょう」

前にもあったことを、妻は覚えているのである。

「ちょびっと売った。……全部で三十何万だ」

そのときは、それ以上追及されずにすんだが、数日後に妻が言った。

「あなた、もっと売ったんでしょ。由香が言っていたわ。パパがあんなに豊かそうな顔をしているのは、あやしいって」

娘は私の味方のはずなのに、ときどき裏切るのである。私は仕方なく白状したが、金を取り上げられることはなかった。その代わり、妻は懇意の編集者がうちに来たときに言いつけた。

「自分の生原稿を売るなんて、北は恥知らずで困ります」

編集者も大きくうなずいて言った。

「まさしく恥知らずですな」

私も自分でそう思うが、久しぶりに原稿を書いたのに、その原稿料が私の手元に入らぬ以上、そうする他に処すべきすべを知らないのである。

死にたくても死ねないつらさ

鬱で沈み込んでいるときは、早く死にたいと思う。とくに親しくしていた先輩方が次々と亡くなっていったときは、自分も死ぬことを願ってさえいた。埴谷雄高さん、遠藤周作さん、奥野健男さん、辻邦生さん……。敬愛する先輩や友人の訃報を聞くのは、本当につらいものだ。

私の母はずいぶん自分勝手な女だったが、晩年、若い知り合いが亡くなると、「私が身代わりになってあげたい」と言っていた。私も同じ気持ちで、ダメな私が彼らの身代わりになったほうがよっぽど有益だろうと思ってしまう。

生前、埴谷さんは「『近代文学』の仲間が次々に亡くなって寂しい」としきりに言っていた。当時、その気持ちはよくわからなかったが、のちにそれを実感するようになった。

今よりもっと若いときも死にたいと思ったことはあるが、それは鬱病に特有の心理状態だった。この歳になると、体力が衰弱し、腰痛もひどくなってきた。腰の痛みだけでも死んだほうがましだと思っているのに、痴呆も加わってきた。昔のことはよく覚えているのに、最近のことはどんどん忘れてしまうのである。ボケてしまうのは、本人にとって楽かもしれないが、周りの人は大変だろう。私の父も晩年はかなりボケた。それを見ていた母は「人に迷惑をかけるまで生きていたくない」としきりに言っていた。今の私も同じ心境だ。

だからといって、自死することはまったく考えていない。鬱病が昂じると多くの人は自殺願望を抱くようになるが、私の場合は若い頃からどんなに鬱病がひどくても、「死にたい」と口にするだけで、自殺しようと思ったことはない。自殺すれば楽になるだろうが、私はへそ曲がりだから、あえてつらい思いを抱えて生き長らえることにしたのである。

まだ若い頃、宮脇俊三さんたちと飲んでは、自分の通夜の話をしていた。寿司は上ではなく並にするとか、冗談まじりに自分が死ぬことを話すと元気になったものだ。しかし、歳をとるにつれて冗談ではすまなくなってきた。

そして先にも書いたように、葬式も通夜もいっさい行わず、本当に親しかった人だけで偲ぶ会でも開いてもらえば有り難いと思うようになり、そのことを公言してきた。私はホラも吹いてきたから、北杜夫流の冗談だと受け止める人が多いようだが、それが本音なのだ。

葬式も通夜もやってほしくないのは、周りに迷惑をかけたくないことに加えて、私自身が宗教を信じていない。人間は死ねば一切無に帰するという考えなので、葬式や墓はほとんど意味がないと思っているからだ。

私がそう思うようになったのは、まだ少年だった頃に空襲で大勢の人が焼け死に、その死体が積み上げられてピラミッド状の山になっている光景を見てきたし、医学生の頃に解剖実習で人間の体を切り刻んだことがあるからだろう。死後の魂とか来世の存在を信じられないのである。

私が口癖のように「死にたい、死にたい」と口走っているせいで、妻はよけいに私を手荒く扱うのかもしれない。妻と一緒に外出するときなど、「みっともないからワイシャツの首のボタンはきちんとしめてください」とやかましく言う。私が「苦しいから嫌だ」と言うと、妻は「あなたは死にたいと言っていたでしょ。ボタンをしめたら死ねるかもしれないわよ」と平然と言うのである。

もっとも、妻は自ら手を下して私を殺すようなまねはしないだろう。私を殺しても、あまり得をしないからである。というのも、私は生命保険に五百万円しか入っていないからだ。

若い頃、保険に加入するとポックリいくかもしれないと思い、生命保険に入るのを嫌っていた。それでも知人が保険の勧誘員になったので、義理で五百万円だけ入った。その後、妻が友人から「五百万円は少ない」と言われ、保険金の額をもっと上げようとしたことがあった。ところが、保険会社の医者から既往症を尋ねられたので、私は小学生の頃腎臓病から目下格闘中の躁鬱病まで詳細に話したら、不許可になってしまった。賢い妻のことだから、保険金殺人をしても割に合わないことは承知しているはずである。

死にたくても死ねず、妻も殺してくれそうもないので、この歳まで生き長らえてしまったが、いったん躁状態になると、一人で勝手にはしゃぎ回り、楽しくて楽しくて仕方ない。生きていてよかったとつくづく思うのである。もっとも私が躁になるたびに周囲は大いに迷惑をしており、とくに妻は一刻も早く私の躁状態がおさまることを願っているようである。

別れの挨拶

どうやら今回の躁病もそろそろエネルギーが尽きてきたようだ。妻はホッとしていることだろう。

やはり死にたくはないのだ。テレビでガンの話をやっていると、

「オレはガンになっても手術も入院もしない。何とか経口モルヒネを手に入れて、眠るように従容として死んでやる」

と宣言しても、

「そんなことおっしゃっても、いざとなれば大騒ぎするんでしょ。あなたは弱虫だから、それこそ死ぬまでが大変だわ。齋藤家は長命の家系ですから、あなたは大丈夫よ。私がお先に失礼します」

と私のことを心配するより、自分のことを心配している。

やはり私は躁病のときしか、妻に頭が上がらないようである。私たち夫婦はこのまま終

着駅に向かうのだろうか。

私は少し前まで、この妻と別れて、やさしくて思いやりのある女性と暮らしたいと思っていた。しかし新しい妻を娶っても、私のような躁鬱病患者に相手が慣れるのは時間がかかるだろうと考え、涙をのんで諦めた。

躁病のときは妻に絞め殺されかかったこともあるが、鬱病になると少しはいたわってくれる。そのおかげで長生きできているのだ。しかし、ときどき間歇泉のように躁状態を呈しても、年々着実に体の衰えを感じている。

平成十二年の賀状は、次のような文面をしたためた。

小生、老化いちじるしく、このうえは身じろぎもせず、
じっと自然死を待つ決意を固めましたので、
賀状は本年かぎりにさせて頂きます。
これまでの御芳情を感謝致します。
ではさようなら。
皆さまはお元気で。
世を捨てた　北杜夫

これは諧謔ではなく、まったくの本音であった。しかし、本心から世を捨て、もうじき死ぬと思っていたのに、この賀状が宛先に着いたころ、私は躁病をフルパワーで発揮し、ハチャメチャな数ヵ月を演じてしまった。そんな暴発は自分でも予測できなかったのである。

はたして、このまま平穏無事に自然死を迎えられるのか、まだ波乱が巻き起こるのか。それは私にもわからないが、いずれにせよ私はこの先も妻に頼り、妻にすがって生きていくことは間違いない。そしていよいよ最期になって、妻に最大級の感謝の言葉を伝えようと思うのである。

あとがき　平穏無事とは無縁の四十年

思い返せばいろいろな時代があった。妻と昭和三十六年に結婚してから、この四月で四十年を迎える。ヒザ小僧がかわいいと思ってつきあいだした可憐な少女も、今ではかなりの猛女となった。それも元はといえば私自身の責からである。精神科医と結婚したと思っていた妻は、その後、医者を勝手にやめ、ヘンテコな作家となった私に騙されたと思っているのではないか。しかも私が四十一歳のある晩、突如として激昂し、「好き勝手に生きたいから、頼むから実家に帰ってくれ！」と騒ぎだし、当時、妻はそれが躁病とは知らず、さぞ不安な毎日であったことだろう。よくもまあ、こんな男から逃げださなかったことかと、つくづく思う。

最近の私はずっと鬱病であった。小説も書けず、腰痛もつらく、早く死にたいとそればかり考えていた。正直、もう二度と躁病になるとは思っていなかった。平成十二年の賀状には、「さようなら。皆さまはお元気で」と遺言状も記した。しかしヒョンなことから昨年、十年ぶりで躁病になった。それまで腰痛のため、門に郵便物をとりにいくのさえ大儀であったのに、突如として元気になり、女にモテたいと銀座のバーに行ったり、ギャンブルをしたいと山形の上山競馬場や大井競馬場、競艇にまででかけて行った。さらに国内だけでは飽き足らず、韓国やラスベガスのカジノにまででかけていったのには、躁病の威力とはいえ、我ながら驚いた。十年ぶりに小説を二作書いたのもこの頃である。

家でテレビを見ていても、いろいろなことが気になって仕方ない。

「おーい。この焼肉のタレのコマーシャル、売り上げより、放映代の方が高くつくんじゃない？」と妻に大声で叫ぶ。

「あなたがこの会社から経理を頼まれているわけじゃないからいいの」

と、けんもほろろである。

私はそんなつまらぬ女に腹を立て、

「喜美子は料理だけが取り柄の女で、作家の妻には向きません！」と怒鳴りまくる毎日であった。

しかし、せっかく躁病で得たエネルギーを仕事にむければいいものの、つまらぬことで妻に腹をたてたり、バーや競馬場にエネルギーを浪費し、大した仕事もせず、あっという間にしぼんでしまった——。

今は躁病の騒動もすっかりおさまり、平穏な日々となった。そして再び妻優位の毎日に

逆転した。夕食の時などは、ついつい夕刊を読みながら食事をする私に向かって、

「お願いですから、食事中にはやめてくださいね」と穏やかに語っていた妻が五分後には豹変し、

「ほら、あなた、こぼした！　その白いトレーナー、買ったばかりなのよ！」と怒り、

「あーん、ごめんなさい。それくらい稼ぐから許して……」と私は頭を下げるのである。

昨晩は、孫が野球で親指を突き指したと大騒ぎをしている。妻は何とも優しい声で、

「痛いの痛いのとんでけー」と慰めている。

「僕の腰痛には、ちっとも優しくしてくれないじゃないか！」と不平を言うと、

「子供のように、痛いの痛いのとんでけー！　と言ってほしいの？　あなたは子供じゃないから駄目」と言われる始末である。腰痛は本当につらい。しかし妻は、「本当にお気の毒だけれど、痛いだけじゃ人間死にません。そもそもあなたは弱虫なんだから！」と、ふてぶてしい。

挙げ句の果てが、痛み止めの薬を渡され、効能書に「頭痛・生理痛」と書いてある。生理痛の薬で腰痛が治まるかは、精神科医の私にもわからぬことだ。

こうしたつまらぬ日々が夫婦であるとは昔の私には分からなかった。二十一世紀になり、七十四歳を迎えようとした今、悟ったことである。

｜著者｜北杜夫　1927年東京青山生まれ。作家、医学博士。本名、齋藤宗吉。父は歌人の齋藤茂吉。旧制松本高校時代にトーマス・マンに心酔。大学在学中「文芸首都」同人となる。52年、東北大学医学部卒業。同年から慶応大学病院神経科助手、齋藤病院神経科医師として務める。60年、水産庁調査船「照洋丸」船医として乗り組んだ体験をもとに書いた『どくとるマンボウ航海記』が大ベストセラーとなる。同年、『夜と霧の隅で』芥川賞、64年、『楡家の人びと』毎日出版文化賞、65年、京都山岳連カラコルム遠征隊に医師として参加。『輝ける碧き空の下で』日本文学大賞、76年、『北杜夫全集』（全15巻、新潮社）、98年、「茂吉四部作」で大佛次郎賞。近刊には、『消えさりゆく物語』、『マンボウ哀愁のヨーロッパ再訪記』などがある。

マンボウ愛妻記《あいさいき》　The New Fifties

2001年3月15日　第1刷発行

著　者　北《きた》　杜夫《もりお》

発行者　野間佐和子

発行所　株式会社講談社

東京都文京区音羽二丁目12-21　郵便番号112-8001

電話　編集部　03-5395-3560

販売部　03-5395-3624

製作部　03-5395-3615

印刷所　信毎書籍印刷株式会社

製本所　黒柳製本株式会社

ISBN4-06-268350-4　（術2）

N.D.C. 901　210p　20cm